LE SALUT DE GAVIN

OURS DE RED LODGE - 3

KAYLA GABRIEL

Le Salut de Gavin
Copyright © 2020 par Kayla Gabriel

Tous droits réservés. Aucune partie de ce livre ne peut être reproduite ou transmise sous quelque forme que ce soit ou de quelque manière, électrique, digitale ou mécanique. Cela comprend mais n'est pas limité à la photocopie, l'enregistrement, le scannage ou tout type de stockage de données et de système de recherche sans l'accord écrit et expresse de l'auteure.

Publié par Kayla Gabriel
Le Salut de Gavin

Crédit pour les Images/Photo : Deposit Photos: svetas; cookelma; dashek

Note de l'éditeur :

Ce livre a été écrit pour un public adulte. Ce livre peut contenir des scènes de sexe explicite. Les activités sexuelles inclues dans ce livre sont strictement des fantaisies destinées à des adultes et toute activité ou risque pris par les personnages fictifs dans cette histoire ne sont ni approuvés ni encouragés par l'auteur ou l'éditeur.

BULLETIN FRANÇAISE

REJOIGNEZ MA LISTE DE CONTACTS POUR ÊTRE DANS LES PREMIERS A CONNAÎTRE LES NOUVELLES SORTIES, OBTENIR DES TARIFS PREFERENTIELS ET DES EXTRAITS

https://kaylagabriel.com/bulletin-francais/

1

Gavin Beran remua sur son siège, en posant un regard désapprobateur sur la table de pique-nique de bois exiguë que lui et deux de ses frères avaient revendiquée comme leur territoire. C'était l'une de la dizaine de tables éparpillées sur une vaste étendue d'herbe verte et épaisse dans le parc public où le clan Krall avait organisé le troisième jour de leur semaine d'activités sociales, visant toutes à réunir des Berserkers célibataires pour qu'ils trouvent des partenaires potentiels. C'était comme une croisière pour célibataires, mais avec des dizaines de parents ours qui regardaient en permanence par-dessus l'épaule de leurs enfants. Et au lieu de soleil, de la mer et de faire la fête, ils étaient à Saint-Louis, obligés de faire la causette parmi des tas de femmes déterminées et prêtes à tout pour s'apparier avec les plus forts des Alpha.

Donc... en gros, c'était l'enfer. Les parents de Gavin, le couple Alpha du clan Beran, n'étaient parvenus à traîner leurs fils à cet événement que contre la promesse de les laisser tranquille pendant trois mois complets ensuite. Évidemment, la moitié des hommes de la famille étaient absents ; Luke avait disparu à la recherche d'une femme Berserker perdue de vue depuis longtemps, et Noah et Finn s'étaient accrochés à deux femmes lors de la première soirée de festivités. Ce qui laissait Gavin, Cam et Wyatt dans la fosse aux lions, à prendre leur mal en patience tandis que des mères exhibaient fièrement leurs filles disponibles comme des pur-sangs primés à un concours.

Gavin regarda Cameron et Wyatt, tous deux ses aînés, respectivement deux et quatre ans plus âgés que lui. Cameron était impeccablement vêtu et avait tout du parfait citadin avec son jean noir de marque, sa chemise à carreaux bleu foncé, et son sweat-shirt anthracite dont les manches était retroussées pour révéler des ensembles assortis de tatouages aux couleurs vives. Wyatt, comme à son habitude, était vêtu d'un jean, d'un T-shirt blanc moulant et d'une veste de cuir noir. Gavin baissa les yeux sur son T-shirt Marvel blanc, sa veste verte, son jean et ses baskets Converse, et eut légèrement l'impression de ne pas être assez bien habillé comparé à ses frères. Cependant, avec leurs cheveux noirs, leurs yeux turquoise perçants et leurs hautes silhouettes puissamment musclées, aucun des hommes de la famille Beran ne manquait d'attention féminine, y compris Gavin.

L'événement du jour était un immense pique-nique qui durait toute la journée, avec un véritable festin de poissons frits et de grillades et des parties de jeu du fer à cheval. Ils étaient parvenus, d'une manière ou d'une autre, à supporter les trois premières heures de présentations gênantes, et leurs parents avaient laissé les frères Beran se retirer à leur propre table, les laissant prendre un peu de distance par rapport à la foule. À présent, Gavin, Wyatt et Cam se contentaient de siroter des bières, de raconter des conneries, et d'éviter d'éventuelles demoiselles transies d'amour. Dans ce contexte, le fait d'être grand, musclé et agréable à regarder s'avérait en réalité être une plaie. Pour Gavin, du moins. Ses frères, en revanche, avaient indiscutablement trouvé de quoi se distraire.

« C'est laquelle, Theresa ? demanda Cameron en tendant la main pour s'emparer de l'une des feuilles de papier que Wyatt avait étalées sur la table.

— C'est la brune vachement grande

qui parle tout le temps de Pinterest, » dit Wyatt d'une voix traînante, un demi-sourire aux lèvres. Son expression habituelle, ces derniers temps.

Cam poussa un grognement et secoua rapidement la tête. Il posa la feuille de papier pour en prendre une autre, et pinça les lèvres.

« Si Stephanie, c'est la rouquine d'Atlanta, tu ne peux pas la compter. Je l'ai embrassée dans le vestiaire le premier soir, » déclara Cam.

Les yeux de Wyatt étincelèrent, et un large sourire s'étala sur son visage.

« J'ai fait plus que l'embrasser, dit Wyatt. Beaucoup plus.

— Mais c'est moi qui l'ai approchée le premier, protesta Cam.

— Je crois que le degré d'activité compte plus que la chronologie. Et il y a eu beaucoup d'activité, si tu vois ce que je veux dire, » dit Wyatt. Il s'appuya sur son coude et haussa un sourcil tout en buvant une gorgée de sa bière.

« Vous êtes désespérants, tous les

deux, intervint Gavin. Sérieux, c'est à la fois déprimant et dégoûtant.

— T'es juste furax parce que t'as eu droit à zéro action, l'accusa Cam.

— Je ne prends pas part à votre pari idiot, fit sèchement Gavin.

— Bon sang, qu'est-ce que vous trafiquez, tous les trois ? » lança une voix tonitruante juste derrière Gavin.

Gavin se raidit, sachant que son fier Alpha de père se tenait juste derrière lui, les yeux sans nul doute baissés vers la table où Wyatt et Cameron avaient étalé plusieurs pages de noms et de marques de comptage, une compétition stupide qu'ils avaient entamé un mois plus tôt et qui se poursuivait encore. Gavin lança un coup d'œil de côté, observant les réactions de ses frères à la question de leur père. L'expression de Cameron était d'une neutralité prudente, tandis que celle de Wyatt frôlait l'insolence teintée d'ennui. Gavin se retourna légèrement sur son siège afin de pouvoir voir son père ; il n'avait rien à dire, en réalité, mais il avait promis à sa mère qu'il maintiendrait la paix entre Wyatt, Cam et leur père tant que durerait leur séjour dans le Missouri.

« On fait seulement quelques comptes, » dit Wyatt dont le dangereux sourire dévoila un éclair de canines. Wyatt tendit sa grande main et ramassa les papiers, les empila et les retourna d'un geste fluide.

« Vous êtes censés vous trouver des partenaires, tous les trois, pas boire et retrousser des jupons. Et certainement pas faire des paris, grommela Josiah en faisant passer son regard accusateur de Cam à Wyatt avant d'atterrir sur Gavin. Et toi... tu es censé les surveiller, pas les encourager.

— On n'est pas des gamins, » coupa Cameron. Il était parfaitement calme et maître de lui, mais Gavin savait que sa colère bouillonnait sous la surface, prête à se déchaîner à la moindre provocation. Cameron avait toujours été ainsi, prompt à la colère et lent aux remords.

« On est plus vieux que lui, de toute façon, dit Wyatt avec une expression calculatrice.

— Je m'en fiche. Gavin est le seul de vous trois à avoir un peu de bon sens, déclara leur père. Si l'un de vous offense de quelque manière que ce soit les autres Alpha où leurs filles, ça va barder. Ne faites pas honte au clan. »

Sur cet avertissement, il tourna les talons et s'en alla rejoindre le groupe, l'air profondément désapprobateur. Il y eut un long moment de silence qui s'étira entre Gavin, Wyatt et Cam au point de les mettre mal à l'aise. Lorsque Wyatt retourna à nouveau les papiers avec un demi-sourire, Gavin leva les yeux au ciel.

« Pourquoi pas Annabeth ? demanda Wyatt à Cameron. Petite, blonde, gros nichons... »

Sans attendre la réponse de Cam, Gavin se leva brusquement en poussant un long soupir. Ses frères étaient mal élevés, et incontrôlables, par-dessus le marché. Gavin ne comptait pas rester là une seconde de plus à écouter leurs conneries misogynes, encore moins après les menaces à peine voilées de leur père. Hors de question que Gavin joue les médiateurs entre ses frères et son père cette fois.

« Tu veux bien nous ramener une bière ? » lança Gavin tandis que Cam s'éloignait à grands pas. Gavin leur adressa à tous les deux un doigt d'honneur, s'attirant au passage les regards désapprobateurs de quelques dames âgées.

Gavin balaya la zone du regard et évita la majeure partie de la foule dans sa recherche d'un coin tranquille. Il venait tout juste de commencer à lire un bon roman policier sur son téléphone et il avait bien envie de s'y replonger. Il avait seulement besoin d'un endroit où être seul pendant une heure ou deux. Il avisa un bosquet en retrait près du parking recouvert de gravier. Un peu d'ombre et d'intimité, exactement ce dont il avait besoin.

Une fois qu'il se fut éloigné de vingt pas, il ralentit. Il entendit une femme parler d'un ton gai et enjoué.

« Et le poney regarda le tas de pommes, qui montait juuuuuuusqu'au ciel... » La femme s'interrompit, ses paroles couvertes par des rires d'enfants. « Et le poney mangea une pomme, puis une autre, et encore une autre... jusqu'à être si repu qu'il crut qu'il allait EXPLOSER ! »

Les rires redoublèrent, et Gavin imagina que la femme devait être en train de mimer quelque chose de ridicule. Il s'approcha, s'avançant juste assez pour voir la femme de dos. Elle était assise sur une couverture à carreaux, une douzaine d'enfants éparpillés autour d'elle. De son point de vue, Gavin ne pouvait pas voir son visage, seulement ses courbes charmantes et une épaisse chevelure d'un blond crémeux qui lui tombait en cascade sous les épaules. Elle portait une robe rose pâle très conservatrice à manches longues, ses jambes repliées sous elle de sorte que seuls les extrémités de ses chaussures de cuir blanc dépassaient de l'ourlet de sa robe.

« Et qu'est-ce que le poney a fait ensuite, à votre avis ? demanda-t-elle aux enfants en penchant la tête de côté.

— Il a vomi ! » cria un petit garçon, surexcité. La femme éclata de rire et secoua la tête.

« Non. Il a fait une sieste ! déclara-t-elle. — Tu crois qu'il faisait quoi, comme bruit, en dormant ? Est-ce qu'il ronflait ? »

Les enfants éclatèrent d'un rire sonore et firent semblant de ronfler bruyamment.

« Faith, Faith ! Qu'est-ce qui est arrivé au poney après sa sieste ? demanda une petite fille en tendant la main pour tirer sur la manche de la femme.

— Eh bien, Marissa, je peux t'affirmer que ce poney a vécu sur son île pour toujours. Le tas de pomme ne cessait de grandir, si bien qu'il n'en manquait jamais, et il passait toutes ses journées à jouer sur la plage, à manger des pommes et à faire la sieste au soleil, » confia la femme.

La petite fille poussa un cri aigu de joie et se jeta sur la femme, recevant pour sa peine un petit rire et un câlin.

« Faith ! On peut aller raconter à maman l'histoire du poney qui a mangé toutes les pommes ? demanda un petit garçon en se mettant péniblement debout.

— Bien sûr, Adam. Je crois que j'aurais bien besoin d'une petite pause pour imaginer d'autres histoires. Vous n'avez qu'à tous aller vous chercher quelque chose à boire, d'accord ? » leur dit-elle. Les enfants s'égaillèrent telle une nuée d'oiseaux débordants de joie et se dispersèrent pour retrouver leurs parents. La femme se retourna pour les regarder partir, avec une expression mêlée d'amusement et d'affection.

Lorsque Gavin put la voir nettement,

il laissa échapper un souffle bruyant. Elle était absolument époustouflante. Son visage était en forme de cœur joliment arrondi, avec un nez retroussé et des lèvres roses et pulpeuses. Elle ne portait pas de maquillage, mais ses sourcils noirs finement arqués et ses yeux noisette étincelants n'avaient pas besoin d'être mis en valeur. Une flopée de délicates taches de rousseur recouvraient l'arête de son nez et ses pommettes, lui donnant un air innocent et juvénile bien qu'elle eût probablement dans les vingt-cinq ans.

Lorsqu'elle remarqua enfin Gavin, elle se tourna vers lui avec un sourire radieux qui lui donna l'impression d'avoir reçu un coup de poing dans le ventre. Son sourire s'étiola un instant, remplacé par une expression perplexe.

« Oh... salut, » dit-elle en fronçant les sourcils. Gavin eut toutes les peines du monde à dénouer suffisamment sa langue pour lui parler.

« Salut. Chouette histoire, » dit-il en

se secouant pour s'avancer vers elle. Elle rit, et un rouge charmant lui monta aux joues.

« Merci, dit-elle en haussant les épaules avec modestie.

— Je peux m'asseoir à côté de toi ? demanda Gavin.

— Oh... » Elle s'interrompit, et porta son regard vers la foule à la recherche de quelqu'un. « Je suppose que oui.

— Est-ce que tu as un partenaire jaloux ou quelque chose comme ça ? Je ne veux pas chercher les ennuis, dit Gavin en se retournant pour regarder la foule, en s'attendant pratiquement à voir un immense Alpha s'en détacher pour fondre sur eux, prêt à réduire Gavin en bouillie.

— Non ! Non, dit-elle en secouant la tête. Désolée. Je t'en prie, assieds-toi. »

Il s'assit en lui laissant beaucoup d'espace. Il tendit la main pour qu'elle la serre, et fut surpris lorsqu'elle hésita et regarda à nouveau autour d'elle avant d'accepter. Sa main était petite et douce dans la sienne, ce qui réveilla l'attention de son ours.

« Moi, c'est Gavin, dit-il en lui adressant ce qu'il espérait être son sourire le plus charmeur.

— Ravie de te rencontrer, dit-elle d'un ton poli mais curieux. Je m'appelle Faith. »

Elle parut incapable de soutenir son regard et baissa les yeux vers ses genoux en lissant sa robe sur ses jambes.

« Alors... dit-il, essayant de trouver un sujet convenable. J'imagine que si tu n'as pas de partenaire, ces gamins ne sont probablement pas les tiens ? »

Faith sourit timidement et secoua la tête.

« Certains sont mes frères et sœurs, certains sont des cousins, dit-elle.

— Tes frères et sœurs ? demanda Gavin en haussant un sourcil.

— Mon père s'est remarié, dit-elle en désignant du doigt un petit groupe de Berserkers massé autour de l'une des tables de pique-nique. La rousse, là-bas, c'est Sheila. »

Le groupe devait être composé d'une dizaine d'hommes et cinq femmes, dont la plupart avaient la vingtaine ou terminaient leur adolescence. Un homme aux cheveux argentés se tenait légèrement à distance, une expression maussade gravée sur ses traits. Gavin devina qu'il s'agissait de l'Alpha, le père de Faith. Gavin les observa avec une curiosité qui s'accrut lorsqu'il vit que les femmes portaient toutes de longues robes à manches longues comme celle de Faith. Les hommes portaient des pantalons de costumes noirs et des chemises à boutons, des tenues suffisamment conservatrices pour être démodées.

« Tu as combien de frères et sœurs ? demanda-t-il en conservant un ton décontracté.

— Quatorze, dit Faith en haussant les épaules.

— Putain de merde, dit Gavin en ouvrant de grands yeux. J'ai cinq frères, et à chaque fois, les gens n'en reviennent pas. Tu dois recevoir des commentaires intéressants. »

Faith lui adressa un autre sourire hésitant.

« Ouais, admit-elle. C'est parfois un peu gênant, pour être franche.

— Je ne voulais pas être indiscret. Je suis curieux, c'est de famille, plaisanta Gavin.

— Ce n'est pas un problème, » dit Faith en baissant la tête. Elle se mit à tripoter un fil qui dépassait de la couverture, les joues en feu. Gavin fut stupéfait de voir cette même femme, si animée quelques minutes plus tôt, désormais douloureusement timide.

« Alors... pourquoi est-ce que tu ne te mêles pas aux autres Berserkers ? » demanda Gavin.

Faith lui lança un rapide coup d'œil, et un éclair d'une émotion que Gavin ne comprit pas totalement passa dans ses yeux noisette.

« Mon clan est ici pour trouver des

partenaires pour mes frères, dit-elle, mesurant ses paroles.

— Ça paraît un peu étrange. Sans vouloir te vexer, » lui dit Gavin.

Faith haussa une seule épaule, et ses yeux revinrent se poser sur ses genoux.

« Je n'ai pas vraiment mon mot à dire sur la question, » fut sa seule réponse.

Gavin se demanda comment répondre, mais on lui épargna cette peine. Un immense Berserker blond traversait la pelouse à grandes enjambées, l'air maussade et le regard furieux.

« Oh oh, murmura Faith à voix basse.

— Est-ce que c'est un de tes frères ? demanda Gavin.

— Ouais. Jared est plutôt... strict. »

Gavin lança un coup d'œil à Faith, intrigué par ses paroles. Elle était adulte, et cet homme était son frère, pas son père... Gavin secoua la tête, incapable d'assembler toutes les pièces du puzzle. Le frère de Faith les rejoignit en un clin d'œil, et marcha carrément sur la couverture. Le blond faisait exprès d'empêcher

Gavin de voir sa sœur, et ne s'arrêta que lorsqu'il fut pratiquement assez près de Gavin pour le toucher.

Gavin se pencha en arrière, et lança à l'homme un coup d'œil sceptique.

« Je peux faire quelque chose pour toi ? demanda Gavin.

— Ouais, tu peux, répliqua Jared avec un accent aussi épais que de de la mélasse. Tu peux t'éloigner de ma sœur, pour commencer. »

Gavin prit une inspiration, réprimant son impulsion immédiate de se lever et d'enfoncer ce type dans le sol à coups de poing. On ne parlait pas à un Beran sur ce ton. En plus, il n'avait rien fait de mal.

« Il me semblait qu'on était tous ici pour faire des rencontres, dit Gavin en conservant une voix égale et un visage neutre.

— Non, pas elle. On n'est ici que pour trouver des femmes aux hommes qui n'ont pas de partenaires, pas pour chercher des ennuis aux femmes qu'on a déjà, répondit le frère de Faith en croisant les bras et en se penchant encore plus sur Gavin.

— Ça paraît un peu sexiste, pas vrai ? demanda Gavin.

— On dirait surtout que c'est pas tes oignons. Je te l'ai déjà demandé une fois, et maintenant, je te le répète. Tire-toi d'ici et laisse ma sœur tranquille. Je n'ai pas envie de le répéter, » dit Jared en haussant le ton.

Gavin leva les mains, ne voulant pas déclencher une bagarre pour une simple conversation.

« D'accord, d'accord, dit Gavin. Ça t'ennuierait de reculer un peu, là ? »

L'autre homme lui lança un autre regard mauvais indiquant que ça le dérangeait effectivement, mais il recula d'un pas. Gavin se leva et s'épousseta.

« Faith... Ravie de t'avoir rencontré, j'imagine, dit Gavin avec un haussement d'épaules. Bon pique-nique. »

Gavin se détourna et repartit en direction de la fête. Lorsqu'il arriva à la table de pique-nique où Cam et Wyatt étaient toujours vautrés, en train d'échanger des ragots, Gavin regarda en arrière en direction de la couverture.

Jared était penché au-dessus de Faith, le visage aussi sombre qu'une nuée d'orage. Jared pointa son doigt sur le visage Faith, et elle grimaça.

« Qu'est-ce qu'il se passe, là-bas ? demanda Cam en plissant les yeux.

— J'en sais trop rien. Mais je vais le découvrir, dit Gavin.

— C'est pas vrai, ça fait soixante-douze heures, et Gav s'est déjà trouvé une demoiselle en détresse, s'esclaffa Wyatt.

— Ferme ta putain de gueule, fit sèchement Gavin sans se donner la peine de regarder Wyatt.

— Mais il a raison. C'est un peu ton truc, » dit Cam.

Gavin se retourna, et les foudroya tous les deux du regard.

« Je vais probablement me prendre à nouveau la tête avec ce connard, dit Gavin en agitant le pouce en arrière pour désigner Jared. Vous comptez me soutenir, tous les deux, oui ou non ?

— Une bonne baston ? Putain, ouais, dit Wyatt.

— Il se trouve que moi aussi, j'aime bien les demoiselles en détresse, ajouta Cam en regardant longuement Faith.

— Vous êtes lamentables, tous les deux. Pourquoi est-ce que je ne me retrouve jamais coincé avec Luke ou Finn ? » demanda Gavin avec un soupir.

En riant, Cam et Wyatt se remirent à discuter des femmes et de la stupidité de toutes ces histoires de rituel d'appariement. Gavin n'écoutait qu'à moitié, son regard retournant se poser sur Faith encore et encore. Si le frère de Faith comptait faire en sorte que Gavin se désintéresse d'elle, il n'aurait certainement pas pu s'y prendre plus mal. Gavin soupira, conscient du fait que rien de bon n'allait sortir de cette situation.

2

« Je n'en reviens pas qu'on doive *camper*. J'aurais dû aller avec Finn et Noah, maugréa Cameron en sortant sa valise et son sac de couchage du 4x4 de location de Wyatt.

— On dort dans des cabanes. Ce n'est même pas du vrai camping, souligna Gavin.

— Dieu nous en garde, dit Wyatt en levant les yeux au ciel à l'attention de Cameron. Je crois que vous avez juste peur que je vous botte le cul aux épreuves sportives demain. »

Cameron gloussa et secoua la tête.

« Continue de te dire ça, frangin, dit Cam. Premièrement, Gavin va nous battre tous les deux à la course. Il est super rapide et en plus, il court régulièrement. Deuxièmement, tu n'as jamais été doué pour la lutte. Les bastons de bar ne font pas les athlètes.

— Tout est une question de force brute pour un Alpha, » l'informa Wyatt, un sourire aux lèvres. Cam se raidit, prêt à initier un conflit, mais Gavin l'interrompit.

« Gardez ça pour demain, imbéciles, exigea Gavin. On n'est ici que depuis cinq minutes, alors on n'a qu'à s'installer et trouver de quoi se distraire. J'ai entendu dire qu'il y allait avoir une grosse partie de chasse et de pêche cet après-midi pour ramener du gibier et du poisson et ensuite une friture et un barbecue. »

Gavin claqua le coffre de la voiture, souleva sa valise et son sac de couchage, et prit la tête du groupe en direction des cabanes. Les Berserkers avaient loué plusieurs kilomètres carrés de sites de camping et de forêts pour le week-end ; la location comprenait quelques dizaines de cabanes de bois basses rassemblées autour de chapiteaux de loisirs couverts. Le plus grand des chapiteaux avait été marqué sur le plan du camping en tant que principal point de rencontre et de préparation des aliments pour la durée du séjour.

« Voyons... » murmura Gavin pour lui-même en baissant les yeux sur la feuille de papier qui indiquait la cabane qui leur était attribuée. « Trois cent sept... trois cent huit... trois cent neuf ! C'est la nôtre. »

Au moyen de la clé fournie, il ouvrit la porte entra. Leur cabane comprenait deux pièces principales, l'une avec une mini-cuisine et deux canapés usés, et l'autre contenant quatre lits jumeaux très basiques en métal.

Gavin, Cam et Wyatt grognèrent à l'unisson lorsqu'ils avisèrent les lits.

« On va passer une nuit de merde, résuma Wyatt.

— Comme si le lit king-size que j'ai chez moi ne m'avait pas assez manqué ces deux dernières semaines, » acquiesça Cam.

Gavin jeta sa valise et son sac de couchage sur le lit le plus éloigné de la porte, puis s'étira.

« Au moins, on est descendus de la voiture, dit-il. Est-ce que l'un de vous deux sait où M'man et P'pa logent ?

— À l'autre bout du camping. La plupart des couples Alpha sont ensemble sur un seul site, et les autres sites sont divisés selon le clan ou la région du pays dont on vient. Et pas d'hommes et de femmes dans la même cabane, non plus, » dit Cam.

Wyatt et Gavin le regardèrent tous les deux, les sourcils haussés.

« Quoi ? M'man m'a fait la morale hier. Elle a dit qu'elle voulait nous éviter les ennuis, » dit Cam.

Wyatt laissa tomber ses affaires sur

l'un des autres lits et regarda la chambre autour de lui, avec un mécontentement évident.

« Il y a intérêt à ce qu'il y ait des femmes sacrément canon aient fait le voyage, soupira Wyatt.

— Il n'y a qu'un seul moyen de le savoir, non ? suggéra Cam en désignant la porte d'entrée de la cabane d'un signe de tête. En tout cas, je meurs de faim. Peut-être qu'on pourrait attraper un beau cerf bien gras et ébahir toutes ces dames avec nos impressionnants talents de chasseurs. »

Gavin ne put que hocher la tête et suivre ses frères, déterminé à les maintenir sur le droit chemin.

3

Plusieurs heures, plusieurs cerfs, et un nombre incalculable de glacières de poisson plus tard, les festivités battaient leur plein. Gavin émergea de la cabane, fraîchement douché après avoir passé une heure à vider et nettoyer du poisson pour la friture. Il remerciait sa bonne étoile de l'avoir fait grandir à Red Lodge, avec son père pour lui apprendre à subvenir à ses propres besoins; certains des hommes présents au rassemblement faisaient carrément les délicats pour débiter leur gibier, et les hommes de la famille Beran en avaient ri à se tenir les côtes tout l'après-midi.

En chemin vers le pavillon principal, il vit des dizaines de Berserkers se promener et gambader sous leur forme d'ours, vagabondant au hasard le long des chemins de terre battue du campement. Son cœur se serra de plaisir à la seule vue de son peuple sous sa forme naturelle. C'était une vision rare, mais elle le rendait fier d'être un ours métamorphe.

Il pensa à ce qui risquait d'arriver si un humain débarquait par hasard parmi eux. Comment il ou elle paniquerait, en voyant des ours de toutes sortes courir, grogner et plaquer leurs congénères au sol. Cette idée le fit éclater de rire.

Gavin marchait les yeux rivés sur ses pieds, si absorbé par ses pensées qu'il ne remarqua pas Faith avant de la heurter lorsqu'elle s'avança sur le chemin. Sa taille considérable la fit basculer, répandant le contenu du panier d'osier qu'elle serrait contre elle, et les fruits et légumes roulèrent dans tous les sens.

« Oh ! » souffla Faith en ouvrant de grands yeux. Elle portait une simple robe de coton gris, qui la couvrait du cou aux chevilles. Ses cheveux d'un blond brillant étaient tressés et relevés, avec une touche d'élégance.

« Ah. Désolé, Faith, dit Gavin. Je ne regardais pas où j'allais.

— Au-aucun problème, répliqua Faith en l'observant un instant avec nervosité avant de regarder autour d'elle les produits renversés.

— Là, laisse-moi te donner un coup de main. » Gavin tendit la main pour l'aider à se lever, et ne put s'empêcher de remarquer la manière dont elle blêmit avant de glisser sa main dans la sienne. Il la vit frémir à ce contact alors même qu'elle rougissait, comme si elle était en train de faire quelque chose de complètement illicite.

« Je... euh... j'aurais dû regarder où j'allais, moi aussi, » balbutia Faith, arrachant sa main à la sienne dès qu'elle fut debout. Après avoir épousseté sa robe, elle entreprit de ramasser les pommes de terre et le maïs, ainsi que les fraises et les myrtilles emballées dans du plastique. Gavin vit qu'elle tournait son corps selon un certain angle pour s'assurer de ne pas lui montrer son derrière tandis qu'elle se penchait pour ramasser les fruits et légumes. Une habitude étrangement pudique, pour sûr.

« Pas de problème, » dit-il en l'aidant à ramasser les quelques derniers fruits. Il les lui tendit tandis qu'elle glissait le tout dans le panier et le recouvrait du torchon à carreaux.

Faith leva les yeux vers lui, en se mordillant la lèvre inférieure. Son regard alla lentement se porter sur le sentier de terre battue d'où elle était apparue, et un pli inquiet apparut sur son front.

Gavin fronça les sourcils, son regard se portant là où elle regardait.

« Est-ce que ton frère va arriver ou un truc dans ce genre-là ? demanda-t-il.

— Non. Euh. Non, dit Faith, changeant de sujet. Est-ce que tu vas au repas de poisson frit ? C'est là-bas que j'emmène tout ça.

— Ouaip. Ça t'ennuie si j'y vais avec toi ? Je ne veux pas te causer de problèmes, » dit Gavin.

Un éclair de colère illumina les yeux de Faith pendant un infime instant, et Gavin en éprouva de l'espoir. Peut-être Faith n'était pas aussi docile que l'aurait voulu son frère, en fin de compte. Il la contrôlait peut-être, mais on aurait dit qu'une petite part d'elle refusait d'être domptée.

« Ça me plairait bien, dit-elle, à la grande surprise de Gavin.

— Laisse-moi porter ce panier, » proposa-t-il. Elle le lui tendit avec un bref sourire, et baissa la tête tandis qu'il reprenaient leur chemin.

Gavin saisit l'occasion d'admirer la ligne fluide de son cou, les superbes courbes de son corps sous cette robe fade. Ses lèvres tressaillirent lorsqu'il s'aperçut que peu importait la manière dont Faith s'habillait, il lui était impossible de dissimuler sa féminité.

Lorsqu'ils arrivèrent dans la zone principale, le dîner battait son plein. Sur les tables s'entassaient du poisson tout juste frit et du gibier, ainsi que tous les accompagnements et desserts imaginables.

« Ça a l'air délicieux, dit Gavin.

— Ouais, j'imagine que j'ai apporté le panier un peu tard, dit Faith en balayant le festin du regard.

— Je ne pense pas que ça a manqué, » dit Gavin avec un clin d'œil. Faith rougit à nouveau, mais baissa la tête en un acquiescement silencieux. « On n'a qu'à prendre une assiette et se trouver une table ensemble, qu'est-ce que tu en dis ? »

Faith se mordit à nouveau la lèvre, l'air déchiré.

« J'aimerais bien, mais... je crains fort que ça ne plaise pas à mes frères.

— Et si on allait s'asseoir avec mes

parents ? Je suppose que personne ne trouva rien à redire avec des chaperons comme ça, » suggéra Gavin.

Au bout d'un long moment, Faith hocha la tête.

« Ça me paraît bien, dit-elle.

— Chouette. J'ai bien envie de goûter un peu à ce gibier, » dit Gavin en l'entraînant vers la queue du buffet. Il entassa de la nourriture sur une assiette, anticipant la possibilité de brûler tout ça plus tard en allant courir longuement au clair de lune. Il ne put s'empêcher de remarquer que Faith n'avait pratiquement rien mis sur son assiette ; un morceau de poisson rôti, de la salade sans vinaigrette et un peu de fruit constituaient la totalité de son repas.

« C'est tout ? » demanda-t-il, curieux. Faith rougit comme pas possible, en se balançant d'avant en arrière sur ses pieds.

« Je n'ai pas très faim, » dit-elle. Tout en parlant, elle regardait au loin derrière

Gavin. Lorsqu'il se retourna, il vit son frère qui les observait attentivement.

« D'accord, dit-il, ne voulant pas la mettre encore plus mal à l'aise. Tiens, voilà ma M'man. Laisse-moi te présenter. »

Sans prévenir, Gavin prit Faith par la main et l'entraîna en direction de la table où sa mère et son père étaient assis avec Lindsay, la tante de Gavin.

« Ne t'en fais pas, elles ne vont pas te mordre, » dit Gavin à Faith.

Ils arrivèrent à la table avant qu'elle n'ait eu le temps de répondre. Les membres de la famille de Gavin levèrent les yeux, curieux.

« Je vous présente Faith. Faith, voici mon père, Josiah, ma mère, Genny, et ma Tante Lindsay.

— Faith, ravie de te rencontrer ! » répondit aussitôt la mère de Gavin. Elle se leva et tendit une main, que Faith serra.

« Est-ce que tu fais partie du clan Krall ? demanda le père de Gavin en observant Faith de son regard perçant.

— Non. Mon père est Aros Messic, » dit Faith.

À la manière dont son père haussa les sourcils, Gavin devina qu'il y avait une histoire là-derrière, mais il ne dit rien.

« Eh bien, ravi de te rencontrer, dit Josiah.

— Asseyez-vous, asseyez-vous, » dit Tante Lindsay en désignant les deux sièges vides au bout de la table de pique-nique. Gavin prit celui qui se trouvait à côté de son père, laissant à Faith le siège d'en face, à côté de sa mère.

« Alors, Faith, qu'est-ce que tu fais dans la vie ? demanda la mère de Gavin.

— Je suis enseignante en école maternelle, dit Faith en souriant à Genny avec douceur.

— Oh, comme c'est charmant ! » dit Genny, rayonnante, en lançant un coup d'œil à Gavin. Gavin réprima un soupir ; sa mère ne pouvait pas s'empêcher de jouer les marieuses.

« Gavin est assistant social, » dit Tante Lindsay à Faith.

Faith lança un coup d'œil à Gavin, une lueur d'intérêt dans le regard.

« Alors comme ça, tu gagnes ta vie en aidant les gens ? demanda Faith.

— J'essaie, du moins, répondit-il en haussant les épaules.

— Eh bien, vous travaillez tous les deux avec des enfants, » souligna Genny.

Gavin hocha la tête et s'attaqua à son assiette, savourant le poisson frit et la salade de pommes de terre.

« Faith est très douée pour raconter des histoires, dit Gavin à sa famille. Je l'ai rencontrée hier parce qu'elle racontait une histoire très animée à propos de... c'était quoi, déjà, une chèvre ? »

Faith éclata de rire.

« Un poney, je crois, dit-elle. Ma mère me racontait l'histoire d'un poney qui voulait manger tout ce qu'il voyait, et on dirait qu'elle a toujours autant de succès.

— D'où est-ce que tu viens, Faith ? demanda Genny.

— De Centralia, de l'autre côté du fleuve, dans l'Illinois, répondit-elle. À moins de quarante-cinq minutes d'ici.

— Est-ce que tu as une grande famille ? demanda Lindsay.

— Bon sang, laissez-la manger. C'est pas vrai, interrompit Gavin.

— Non non, ça ne fait rien, dit Faith, le regard pétillant. J'ai quatorze frères et sœurs.

— Bonté divine ! aboya Josiah. C'est une sacrée tribu que tu as là.

— On ne se sent jamais seul, reconnut Faith.

— Est-ce que tu as goûté à ce gâteau au chocolat ? demanda Lindsay en désignant la tranche sur son assiette. C'est du chocolat allemand, incroyable.

— Ah… euuuuh, non, » dit Faith dont le regard tomba sur son assiette. Elle remua sa fourchette, déplaçant quelques morceaux de fruits mais sans en manger pour autant.

« Tu n'es pas fan de chocolat ? demanda Lindsay.

— On suit un régime très strict dans notre famille, » dit Faith en haussant une épaule. Elle leva de nouveau les yeux, et lorsque Gavin les leva à son tour il vit que Jared, le frère de Faith, observait leur table tel un faucon. Il paraissait profondément mécontent, malgré le fait que Faith n'eût pas pu être mieux chaperonnée.

« En tout cas, j'ai goûté un peu de ce poisson rôti que tu as, et il est délicieux, intervint Genny. Cuit à point. »

Faith sourit, faisant brièvement apparaître une légère fossette sur sa joue. Elle prit une bouchée du poisson et acquiesça d'un hochement de tête.

« Moi, je suis juste content qu'on me nourrisse, dit Gavin. Mon secret, c'est que je suis un bon cuisinier, mais j'ai la flemme. Je mange dehors plus souvent que je n'aime à l'admettre.

— J'aime bien cuisiner. Surtout faire du pain et des pâtisseries, dit Faith. Je fais beaucoup de pain. Je sais que les féculents sont vraiment mauvais pour la santé, mais on dirait que je ne peux pas m'en empêcher.

— Les féculents, gnagnagna, dit Genny. Tu devrais manger ce qui te fait plaisir. Moi, je m'assure juste de faire une bonne promenade à pied tous les après-midis, et ça me maintient dans une forme olympique. »

Faith parut pensive.

« Je ne sors pas de la maison aussi souvent que je le voudrais, admit-elle. Il se passe toujours quelque chose à la maison, il y a toujours une urgence à gérer. Je suis l'aînée des filles, alors je suis très demandée. »

Tout le monde éclata de rire.

« Je ne peux que l'imaginer, dit Genny.

— Faith, est-ce que tu vas assister à la lutte et aux courses demain ? Tu pourrais peut-être venir les regarder avec nous, » suggéra Lindsay en lançant à Gavin un regard malicieux. De toute évidence, sa tante était tout aussi douée que sa mère pour jouer les marieuses.

« J'aimerais bien, mais... Il va falloir que je demande à mon père, » dit Faith en posant sa fourchette.

Gavin remarqua l'air sombre qui passa sur le visage de son père et se promit de l'interroger plus tard à ce sujet.

« P'pa pourrait peut-être lui demander, proposa Gavin en désignant son père d'un signe de tête.

— Non ! Je veux dire... je ne pense pas que ce soit nécessaire, » dit Faith, l'air un peu légèrement horrifié à cette idée. Je vais lui parler.

— Tu devrais, vraiment. Tu pourras rencontrer deux des frères de Gavin, Cameron et Wyatt. Ils sont amusants, » gloussa la Tante Lindsay.

Gavin lui décocha un coup d'œil furieux. Une gentille blonde innocente comme Faith serait bien trop tentante pour ses diables de frères. Il était hors de question qu'elle entre de quelque manière que ce fût dans leur pari débile.

De l'autre côté de la clairière, Gavin vit que le frère de Faith lui ordonnait de venir d'un geste impatient. L'air maussade, Gavin s'efforça de comprendre comment ce type faisait pour avoir autant d'influence sur toute la famille.

« Je ferais mieux d'y aller. À demain, peut-être ? demanda Faith à Gavin.

— C'est un rencard, » dit-il. Faith rougit et éclata de rire, et sa fossette refit une brève apparition. Elle dit au revoir à sa famille puis alla rejoindre son frère, et disparut bientôt complètement du chapiteau.

« Alors. C'est quoi, l'embrouille ? » dit Gavin en se tournant vers son père.

Josiah remua sur son siège tandis qu'il regardait Faith et deux de ses frères et sœurs quitter le chapiteau. Il parut pensif pendant un instant, puis grimaça.

« Aros Messic n'est pas un bon Alpha, soupira Josiah. Le peu que j'ai vu de lui, surtout au cours des réunions annuelles du Conseil des Alpha, n'était pas agréable. Il est tellement rigide qu'à côté de lui, j'ai l'air d'un libéral, et c'est un fanatique dans ses croyances.

— J'hésite presque à demander ce que sont ces croyances, soupira Gavin. Faith avait plutôt l'air d'avoir peur de lui. De son frère, aussi.

— L'un des fils d'Aros est son bras droit. Jamie, ou Jim... dit Josiah.

— Jared, je crois, lui souffla Gavin.

— Voilà, c'est ça. Eh bien, ils suivent les anciennes traditions. Et par anciennes, je veux dire qu'ils vénèrent encore Odin, Freyr et Thor. Je ne connais pas tous les détails, mais je sais qu'Aros considère la modernité comme quelque chose de mauvais, et il dirige ses enfants et son clan selon ce principe. Il prône un retour aux anciennes traditions, avant l'industrialisation. »

Gavin prit une brusque inspiration et fronça les sourcils.

« Tu veux dire que... Qu'il n'est pas seulement contre les ordinateurs, il est contre le *train* ? demanda Lindsay, faisant écho, presque mot pour mot, aux pensées de Gavin.

— Toute sa famille vit en marge de la

société. Ils travaillent la terre et élèvent du bétail, et ne consomment que ce qu'ils produisent. Franchement, je suis surpris de voir le clan ici. J'ai du mal à croire qu'une seule des femmes présentes à cette réunion serait prête à abandonner toute sa vie pour vivre au fin fond de la campagne dans l'Illinois, sans même le téléphone, dit Josiah.

— Je ne vois vraiment pas pourquoi quiconque aurait envie de faire ça, ajouta Genny. — Et ce n'est pas comme si Aros avait de grands succès à brandir comme preuve du fait que sa façon de faire est la meilleure. Tout le clan est pauvre comme la gale. J'ai entendu une rumeur selon laquelle sa femme a dû accoucher dans un champ, une fois. »

Sa mère frémit et fit claquer sa langue.

« Pourquoi est-ce qu'aucun d'eux ne s'enfuit ? demanda Gavin.

— C'est comme une secte, centrée sur l'héritage des Berserkers. Aros se sert de notre espèce comme d'un exemple pour raconter que les dieux nordiques sont tout aussi réels que toi et moi. Lui et ses pairs ont tous élevés leurs enfants pour qu'ils croient chaque mot qu'il prononce, et ceux qui ne sont pas d'accord se font virer du clan. »

Gavin ne comprenait que trop bien cette menace. Moins de deux mois plus tôt, le Conseil des Alpha avait fait peser cette même menace sur tous les Berserkers en âge de s'accoupler qui ne seraient pas parvenus à trouver un ou une partenaire dans les douze mois consécutifs au décret.

Certes, cela signifiait perdre toute sa famille et ses amis Berserkers. Mais cela impliquait également d'être interdit d'accès aux nombreux refuges et réserves sauvages des Berserkers, certains des seuls endroits où l'on pouvait se promener librement et sans danger sous sa forme d'ours. Les Berserkers qui n'étaient affiliés à aucun clan devaient parfois aller jusqu'en Amérique du Sud ou en Colombie Britannique pour trouver une étendue de terre suffisamment grande pour vagabonder *au naturel* sans risque.

« Pourquoi est-ce que le Conseil des Alpha n'a jamais rien fait contre lui ? » demanda Gavin, perplexe.

Josiah haussa les épaules, l'air un peu coupable.

« C'est un emmerdeur, mais il a le droit de diriger son clan comme il l'entend. Si on le rayait du Conseil des Alpha, tout ce qu'on y gagnerait, c'est qu'on saurait encore moins ce qu'il mijote là-bas, dans les bois. Au moins, là, on peut garder un œil sur lui.

— C'est un sale type, intervint la mère de Gavin. Ça m'étonne que Faith ait un tel sang-froid, vu le clan d'où elle vient. »

Gavin sentait le regard curieux de sa mère, qui essayait sans nul doute d'assembler Gavin et Faith telles les pièces d'un puzzle.

« Rends-toi service et évite tous les hommes de sa famille, dit son père. Tous ceux que j'ai rencontrés ne faisaient que chercher la bagarre, et ils ne retiennent pas leurs coups. C'est une gentille fille, mais...

— Super, d'accord, coupa Gavin. Je crois que je vais aller prendre des nouvelles de Wyatt et Cam. »

Il se leva de la table, ramassa vivement son assiette à moitié vide, et s'éloigna à la recherche de ses frères. Mais au fond de lui, il ne pouvait s'empêcher de penser à la beauté ingénue de Faith.

4

Faith Messic était allongée sur son sac de couchage dans la chambre obscure de la cabane qu'elle partageait avec ses sœurs Debra, Shannon et Lacey. Les yeux fixés sur le plafond, elle réprima un soupir agité. Lorsque son frère Jared l'avait trouvée en train de déjeuner avec la famille Beran, il l'avait traînée droit jusqu'à la cabane. C'était alors que son père était entré en scène. Après l'avoir réprimandée devant toute la famille, en la traitant de *marie-couche-toi-là*, quoi que cela voulût dire, il avait ordonné aux sœurs de Faith de la surveiller de près. *Pour ne pas qu'elle perde ce qui lui reste de morale*, avait-il dit.

Faith s'était mordu la lèvre et s'était efforcée de rester immobile. Elle s'était bien comportée toute la soirée, avait dîné sous le chapiteau privé du clan et avait joué à des jeux de société désuets avec ses neveux et nièces jusqu'à l'heure du coucher. Ignorant les murmures interrogateurs et les regards curieux de ses sœurs, elle avait redressé l'échine et plaqué un sourire sur ses lèvres, ce qu'elle avait l'habitude de faire.

En vérité, Faith était devenue très douée à faire semblant d'être elle-même. Celle qu'elle était autrefois, du moins. La version d'elle-même inculte et ignorante du monde qui avait cessé d'exister plus de trois ans auparavant, celle qu'elle ressuscitait chaque jour pour faire plaisir à son père et à ses frères.

Faith ferma les yeux et se demanda si elle avait pris la bonne décision lorsqu'elle avait convaincu son père de la laisser suivre des cours à la faculté communautaire et obtenir son diplôme de professeur des écoles. La bataille avait été rude, et une fois parvenue à convaincre son père, elle n'avait pas pu reculer. Pas même lorsque son tout premier cours avait eu lieu dans un labo informatique, à son grand désarroi.

Faith pinça les lèvres et réprima un petit rire en pensant à la jeune ingénue qu'elle était autrefois. Elle avait été si isolée qu'il lui avait fallu un semestre de cours supplémentaires rien que pour mettre à jour ses connaissance en histoire, en mathématiques et sur tous les principes scientifiques qu'elle n'avait jamais appris en étant scolarisée à la maison, ainsi que pour des cours de rattrapage en rédaction de dissertation, en informatique et en finance.

Elle n'avait jamais vraiment été heureuse depuis qu'elle avait mis les pieds sur ce campus, mais bien sûr ce n'était pas grâce aux cours. C'était simplement qu'il était impossible de désapprendre ce qu'elle avait appris, d'oublier Internet, les téléphones portables, ou les glaces à l'italienne. Avant d'entrer à la fac, elle pouvait compter le nombre de fois où elle avait mangé au restaurant sur les doigts d'une main.

Mais même à la Faculté Communautaire d'Illinois de l'Ouest, un vrai méli-mélo de créatures mal disparates, Faith ne s'était pas intégrée. Elle avait découvert le plaisir d'un hamburger de fast-food au déjeuner, mais ensuite, elle rentrait chez elle pour prendre sa place dans la cuisine avec toutes les autres femmes, pétrissant et faisant cuire du pain pour tout le clan. Alors que ses sœurs et ses cousines riaient et plaisantaient ensemble, Faith avait l'impression de ne pas être à sa place, la tête pleine de ce qui lui semblait être de très *grandes* idées.

Lorsqu'elle avait postulé pour un poste à l'école maternelle du coin et l'avait obtenu, travaillant quelques heures par semaine, le décalage entre elle et sa famille s'était accentué encore davantage. Son frère Jared surveillait chacun de ses mouvements, allant même jusqu'à parcourir chaque livre qu'elle empruntait à la bibliothèque. Il la déposait au travail et la récupérait tous les jours, sans exception. Son père et son frère l'étouffaient lentement et ils semblaient prendre plaisir à voir les sourires de Faith de plus en plus éteints, et ses épaules affaissées.

Faith roula sur le côté, en veillant à ne pas faire de bruit. Elle revit la réaction de Jared lorsqu'il l'avait trouvée assise avec Gavin la veille. Lorsque son frère l'avait dit à leur père, les deux heures suivantes étaient devenue une diatribe haineuse et ininterrompue sur la faiblesse et le caractère lamentable et amoral des membres du clan Beran. Son père avait des idées bien tranchées sur Josiah Beran et de ses fils, et il semblait qu'aucune d'elles ne fût positive.

Envahie une fois de plus par un mélange d'énergie et d'apathie, elle ne put le supporter un instant de plus. Elle s'assit, et glissa ses pieds hors de son sac de couchage. Elle portait une longue chemise de nuit et un caleçon moulant de coton fin, le pyjama standard que son père imposait à toutes les femmes sans partenaire de leur famille. Le plus lentement possible, elle se leva et s'empara de la veste légère et les chaussons d'intérieur à semelle en caoutchouc posés au pied du lit.

Faith retint son souffle tandis qu'elle se glissait discrètement hors de la cabane, le cœur figé par la peur. Ce n'était pas la première fois qu'elle filait en douce en pleine nuit ; elle se glissait souvent par la fenêtre de sa chambre au deuxième étage pour s'asseoir sur le toit et regarder les étoiles. Mais passer devant ses sœurs endormies pour se glisser hors de la maison était un tout nouveau degré de désobéissance. Si elle se faisait prendre, elle allait le payer très cher.

Une fois dehors, elle enfila ses chaussons et partit dans les bois, en décrivant une vaste courbe à travers les arbres pour rester loin des cabanes où sommeillait le reste de sa famille. La lune était haute et pleine tandis qu'elle sortait sur le sentier principal qui menait au reste du camping.

Faith s'arrêta à l'endroit où plusieurs chemins se dressaient dans le clair de lune. Depuis la droite, elle entendait de la musique et des voix, qui indiquaient des festivités sous le chapiteau principal. Droit devant se trouvaient des sentiers qui conduisaient aux cabanes privées des clans. Pendant un bref instant de folie, Faith se demanda lequel pouvait bien mener à Gavin, l'apparition la plus intéressante dans sa vie ces derniers temps.

Elle secoua la tête et décida de tourner directement à gauche, en direction du lac. Le chemin descendait et décrivait un vaste cercle, qui s'arrêtait à chacun des nombreux pontons qui ponctuaient le lac. Les premiers pontons qu'elle dépassa étaient en cours d'utilisation, occupés par de joyeux couples qui buvaient, discutaient et s'amusaient.

Ravalant son envie, Faith dépassa plusieurs autres pontons vides jusqu'à ce qu'elle en trouve un suffisamment éloigné des regards indiscrets à son goût. Elle s'avança jusqu'au bout du ponton, laissant ses chaussons derrière elle, et s'assit. Après avoir remonté son caleçon jusqu'à ses genoux, elle laissa ses pieds pendre du ponton, et ses orteils effleurer l'eau glaciale.

Faith se laissa aller en arrière, laissant ses cheveux retomber en cascade derrière elle.. Elle ferma les yeux et sourit à l'idée de prendre un bain de minuit. Elle se mit à fredonner à voix basse, savourant ce moment volé de liberté. À cet endroit, à cet instant précis, elle n'était pas obligé de feindre quoi que ce fût, ou de faire plaisir à quiconque.

Un bruissement la fit sursauter, l'arrachant à ses pensées. Elle tourna la tête et remonta ses pieds. Deux ours noirs, un énorme mâle et une femelle plus petite, dévalaient le chemin dans un fracas de tonnerre. Elle les regarda dépasser le ponton, ravie qu'ils se désintéressent complètement de ce qu'elle faisait.

Cependant, avant d'avoir pu retourner à ses pensées, elle vit une autre silhouette. Grand, brun, le torse large, il était vêtu d'un T-shirt noir moulant et d'un short de jogging noir. Il ralentit en la voyant, et la regarda d'une manière presque comique. Pendant un instant affolant, Faith faillit le prendre pour Gavin. Mais il était légèrement plus âgé, et à présent qu'il s'approchait elle pouvait distinguer la légère barbe qu'il portait.

L'homme se retourna, porta ses doigts à ses lèvres, et poussa un long sifflement perçant. Quelques secondes plus tard deux hommes pratiquement identique arrivèrent au pas de course entre les arbres. Faith resta bouche bée lorsqu'elle s'aperçut qu'en fait, l'un des deux était effectivement Gavin. Il portait aussi des vêtements de jogging, bien que son T-shirt et son pantalon de spandex moulant fussent gris foncé. Un ricanement peu digne d'une dame s'échappa des lèvres de Faith, et elle plaqua sa main sur sa bouche.

Gavin adressa un geste à ces hommes qui ne pouvaient être que ses frères et leur dit quelque chose à voix basse. Ils la dévisagèrent pendant quelques secondes avant de se détourner et de reprendre leur course vers les bois. L'estomac de Faith fit un saut périlleux lorsqu'elle s'aperçut qu'il n'allait pas les suivre.

« Salut, toi, » dit Gavin en approchant, tout en lui adressant un demi-sourire. Il paraissait incertain, et Faith ne pouvait pas lui en vouloir. Elle avait été forcée de jouer les femmes soumises et effrayées les deux fois où ils s'étaient rencontrés, et il se disait probablement qu'elle était indifférente, ou même dédaigneuse.

« Salut, toi aussi, » dit-elle en penchant la tête. Elle se sentit rougir et jura intérieurement. Tout ce qu'elle savait du flirt, elle l'avait appris en observant les filles à la fac. Elle se sentait maladroite et idiote, mais... elle avait vraiment envie de flirter avec Gavin.

« Je suis surpris de te voir dehors si tard, » dit-il. Faith devina qu'il omettait de mentionner le plus surprenant, qu'elle fût *seule*.

« J'ai filé en douce, admit-elle. J'espère que tu ne vas pas me dénoncer. »

Gavin haussa les sourcils, et l'amusement illumina ses beaux yeux bleu-vert.

« C'est vrai, ça ? Hum. Je me demande si ça veut dire que je pourrais peut-être venir m'asseoir à côté de toi sans me faire botter les fesses par ton frère, » dit-il en lui décochant un sourire.

Faith fit semblant de réfléchir à ses paroles tout en dévorant des yeux son mètre quatre-vingt-dix et des poussières, dont chaque pouce était plus parfaitement sculpté que le précédent. Il était musclé sans être mastoc, naturellement bronzé et, dans l'ensemble, d'une beauté ténébreuse à tomber à la renverse. Et ces yeux... de toute évidence, Gavin était intelligent, gentil et drôle.

« Je suppose que tu peux t'asseoir à côté de moi, » dit enfin Faith en se poussant au bord du ponton. Son cœur martelait dans sa poitrine, et sa bouche s'assécha. Bon sang, qu'est-ce qui lui prenait de parler à Gavin, et pire encore, de reluquer son corps ? Elle se sentait pour moitié honteuse, et pour moitié désespérément insignifiante.

Gavin eut un petit rire, s'assit à côté d'elle et replia ses longues jambes d'un mouvement gracieux.

« Donc tu as filé en douce. Je ne t'aurais jamais crue capable de faire un truc pareil, dit-il en la regardant longuement.

— Je ne suis pas toujours aussi disciplinée, dit-elle, ses lèvres tressaillant vers le haut en un sourire. En tout cas, pas quand ma famille n'est pas dans les parages.

— Ah, alors c'est ça, le truc. Dans ce cas, je suppose que j'ai beaucoup de chance, là. Peut-être que je devrais remercier les étoiles, dit Gavin en levant les yeux vers le ciel nocturne étincelant.

— Elles sont plus belles que d'habitude ce soir, n'est-ce pas ? » soupira Faith.

Gavin acquiesça d'un murmure, et pendant un long moment ils regardèrent simplement les étoiles. Un millier de petites pensées tournoyaient dans l'esprit de Faith à un rythme effréné, des impulsions, des craintes et de petits frissons d'excitation.

« Ça te plaît, de vivre avec ta famille ? » demanda Gavin au bout d'une minute.

Faith ouvrit la bouche, puis ravala net les paroles de défense qui lui vinrent automatiquement. Elle réfléchit à sa question, puis secoua la tête en regardant dans sa direction.

« Non, pas vraiment. Je... me sens seule, dit-elle.

— Avec tous ces gens autour de toi ?

— Surtout quand ils sont là, répliqua-t-elle. Je ne suis pas celle que ma famille croit que je suis. Ou peut-être seulement la personne qu'ils veulent que je sois. »

Gavin ne répondit pas immédiatement et parut digérer ses paroles. Ce qu'il déclara ensuite la prit légèrement par surprise.

« Si tu pouvais faire quelque chose, n'importe quoi, que tu ne peux pas faire en ce moment, ce serait quoi ? » demanda-t-il.

Faith le regarda pendant une fraction de seconde, puis lança un coup d'œil de l'autre côté du lac tandis qu'elle réfléchissait à sa question.

« Est-ce que je peux avoir deux choses au lieu d'une seule ? » demanda-t-elle.

Gavin eut un petit rire et hocha la tête.

« Bien sûr.

— Eh bien, j'écrirais un livre pour enfants, avec mes propres illustrations, dit-elle.

— Est-ce qu'il parlerait d'un poney qui mangeait tout ce qu'il voyait ? demanda Gavin, l'air amusé.

— Absolument, dit Faith sans hésiter. C'est une super histoire, si je peux me permettre.

— Et la deuxième chose ? »

Faith demeura quelques instants silencieuse avant de répondre.

« Je parlerais à ma mère, dit-elle.

— Ta mère... elle n'est pas... » Gavin semblait ne pas trop savoir comment formuler sa pensée.

« Morte ? Non, je ne crois pas. Mon père dit toujours qu'elle est "partie", mais je crois qu'elle est quelque part, dans le monde et qu'elle vit une nouvelle vie, » dit Faith. Elle rougit et se mordit la lèvre. « Je ne sais pas trop pourquoi je t'ai dit ça. C'est probablement plus que ce que tu as besoin de savoir.

— Pas du tout, protesta Gavin. C'est honnête. J'apprécie l'honnêteté.

— Je me demande ce que tu dois penser de nous, de ma famille, » dit Faith en levant la tête pour le regarder droit dans les yeux. Pour la première fois depuis longtemps, elle avait vraiment envie de savoir comment une personne extérieure percevait son clan.

« Je pense qu'elle a l'air plutôt stricte, dit-il. Ton frère a l'air plutôt autoritaire.

— Ça, c'est parce que tu n'as pas rencontré mon père. Il est bien pire. »

Gavin hocha la tête, mais ne parut pas trop les juger.

« Pourquoi est-ce que tu ne t'en vas pas ? demanda-t-il.

— Pour aller où ? demanda Faith avec un rire sans joie. Je ne suis jamais allée plus loin que Saint-Louis, et je n'ai jamais été seule de ma vie. Je n'ai rien à moi, et la seule chose pour laquelle je sois qualifiée, c'est enseigner aux tout petits. Je ne tiendrais pas un mois toute seule.

— Qu'est-ce que tu risques, au pire ? Tu essaieras, tu te planteras peut-être. Au moins tu auras essayé, dit Gavin en haussant les sourcils.

— Ils ne me reprendraient pas. Si jamais je partais, ce serait pour de bon. Je ne reverrais plus jamais mes sœurs, ni mes neveux et nièces, lui fit Faith d'une voix atone. Quand je disais que je serais seule, je ne plaisantais pas. »

Gavin ouvrit la bouche pour dire quelque chose, puis parut se raviser.

« Eh bien, au moins, tu n'es pas toute seule en ce moment, » tenta-t-il.

Faith lui lança un coup d'œil, de nouveau amusée.

« Non, j'imagine que non. »

L'instant semblait inévitable, irrésistible. Avant même de s'en rendre compte, voilà que Faith se penchait vers Gavin alors même qu'il se glissait plus près d'elle. Sa main lui effleura la taille, la faisant frissonner tandis qu'il levait la main et repoussait l'épais rideau de ses cheveux blonds.

À l'instant où ses yeux se fermèrent, les lèvres de Gavin effleurèrent les siennes. Sa bouche était douce et pourtant chaude, son odeur puissante et masculine, et elle sentait la chaleur qui se dégageait de sa peau. Faith se pencha davantage, laissant son épaule et son flanc s'appuyer contre sa hanche, sa taille, son torse fermement musclé.

Les lèvres de Gavin bougeaient avec une extrême douceur contre les siennes, les écartant d'un léger coup de langue. Elle eut envie de gémir, de soupirer, ou de crier, mais le bout de sa langue toucha celle de Gavin, et tout à coup, voilà qu'elle brûlait de désir. Chaque centimètre de sa peau était brûlant, en feu, avide —

« Faith, bon sang, qu'est-ce que tu FICHES ? » fit la voix de sa sœur Lacey.

Faith se redressa brusquement, battant des paupières d'un air égaré tandis qu'elle se retournait pour voir sa sœur descendre en trombe le long du chemin en direction des pontons.

« Oh oh, » fut tout ce que Faith parvint à dire. En un éclair, elle vit Debra qui la suivait, et Jared à sa suite. Son père et plusieurs de ses frères apparurent ensuite. Pendant un bref instant, elle crut également apercevoir les deux frères de Gavin, mais seul l'un d'eux sortit des bois, juste sur les talons de son père.

« Par le souffle d'Odin, marmonna Faith. Peut-être qu'on devrait carrément sauter dans le lac et s'enfuir à la nage. »

Gavin la regarda en haussant un sourcil, puis se mit debout et lui tendit la main. Il l'aida à se lever et posa sa main au bas de son dos pour la guider le long du ponton à la rencontre de sa famille qui s'amassait, manifestement inconscient des frissons que son contact lui donnait.

« Qu'est-ce que tu fais ici avec ma fille ? tonna le père de Faith en fondant droit sur eux.

— On discute ? dit Gavin sans perdre son calme.

— Faith, viens ici, » beugla Aros. Jared vint se camper à côté d'elle, imitant exactement sa fureur. Voyant que Faith ne bougeait pas, figée sur place, Jared tendit la main, la saisit par le poignet, et la tira brutalement vers lui.

« Je le savais, espèce de traînée,

gronda Jared. Je savais qu'on ne pouvait pas te faire confiance. Là, dehors, en train de batifoler — » fulmina Jared, ne lâchant le poignet de Faith que pour l'agripper juste à la jonction de l'épaule et du cou, sa méthode de restriction favorite. Ses doigts s'enfoncèrent dans sa chair, et le brusque éclair de douleur faillit la faire tomber à genoux.

« Ne t'avise pas de — » entendit-elle Gavin dire. Faith essaya de secouer la tête, de lui dire de ne pas s'en mêler, mais sa langue refusa d'obtempérer.

« Toi, recule, gronda son père en tendant la main pour repousser Gavin de quelques pas. Tu ne toucheras plus jamais ma fille. »

La noirceur qui envahit l'expression de Gavin laissa Faith stupéfaite, et la fit grimacer.

« Sors tes sales pattes de mon frère, le vieux, » fit une autre voix. Le frère de Gavin s'avança derrière le père de Faith, l'air meurtrier. Alors que Gavin avait l'air outré, son frère paraissait...

presque impatient, d'une certaine manière.

« Vous autres, les Beran, cracha son père. Toujours à fourrer votre nez dans les affaires des autres. C'est une affaire de famille. Jared, emmène-la. »

Son père fit volte-face, prêt à s'en aller. Jared se détourna, entraînant Faith à sa suite, et ce fut alors qu'elle vit qu'une foule s'était massée au bout du ponton. Le père de Gavin se frayait un chemin à travers le groupe à coups de coudes, l'autre frère à ses côtés. À l'orée des arbres, Faith repéra la mère et la tante de Gavin. Son humiliation était désormais totale et absolue.

« Attends, cria Gavin tandis que Jared entraînait Faith en direction de la foule. On va devenir partenaires ! Elle est sous ma protection ! »

Tout le monde s'immobilisa. Faith sentait les regards brûlants de fureur de son père et de son frère rivés sur elle.

« Est-ce que c'est vrai ? » demanda son père, les dents serrées.

Faith ouvrit la bouche, mais Jared la secoua brutalement.

« Tu as intérêt à dire que non, siffla-t-il. Si tu fais honte à notre famille, je vais te faire souffrir. Tu ne pourras pas m'échapper. »

Ce fut cette phrase, plus que tout le reste, qui poussa Faith à l'action.

« C'est vrai, s'écria-t-elle. Gavin m'a demandé d'être sa partenaire. J'ai dit oui. »

Jared poussa un rugissement en la mettant debout de force, les yeux étincelant de fureur.

« Tu vas regretter d'être née, » promit-il. Sa peau ondula, son ours prêt à surgir. Ce fut alors que Gavin et son frère s'interposèrent entre eux. Gavin s'agenouilla et attira Faith contre lui. Son frère adressa à Jared un sourire insolent tout en tendant le bras et poussa violemment Jared, le faisant tomber du ponton droit dans le lac avec un grand *plouf*.

« Quel enfoiré, entendit-elle le frère de Gavin marmonner.

— Gavin, » dit-elle en se cramponnant à lui. Elle leva timidement les yeux vers lui, les doigts enfoncés dans ses avant-bras tandis qu'elle essayait désespérément de... l'avertir ? L'avertir ?

« Chut, tout va bien, » dit-il. L'instant suivant, Gavin l'enveloppait dans ses bras, la protégeant et procurant à son corps soudain glacé une éclosion de chaleur dont elle avait bien besoin.

« C'est bon, circulez ! »

Faith vit que Josiah Beran essayait de disperser la foule.

« Elle vient dans notre campement pour cette nuit, le père de Gavin annonça-t-il à l'assistance.

— Aucune chance ! protesta le père de Faith.

— Dans l'une des cabanes des femmes, précisa Josiah. Avec des gardes devant la porte, au cas où quelqu'un s'amuserait à tenter quelque chose. Après ce petit spectacle, hors de question qu'elle reparte avec vous. »

Plusieurs personnes dans l'assistance

hochèrent la tête, visiblement satisfaits de cette conclusion.

« Je suis d'accord, » dit un autre Alpha aux cheveux argentés en croisant les bras et en adressant un regard mauvais au père de Faith. Derrière eux, Jared s'accrochait pour remonter sur le ponton, toussant et dégoulinant.

Gavin se leva et aida Faith à se remettre debout. Lorsqu'elle vacilla, des larmes lui piquant les yeux, il la souleva tout simplement et traversa l'assistance en la portant dans ses bras. Ravagée par la honte, Faith se détourna et enfouit son visage contre son torse tout en retenant le sanglot qui essayait désespérément de s'échapper de sa poitrine.

Gavin la porta jusqu'à l'une des cabanes de sa famille, entra directement et se dirigea vers l'un des lits. Faith prit une profonde inspiration, sentant son odeur partout tandis qu'il la déposait sur le sac de couchage.

« Attends, c'est ton lit ! » dit-elle, grimaçant en réalisant à quel point ses propos semblaient enfantins. Elle le trouvait séduisant, bien sûr, et ils étaient désormais fiancés pour de faux, mais...

« Ma mère va venir dormir avec toi. Je monterai la garde dehors avec mes frères, » dit Gavin.

Faith passa de la timidité à la déception en une seconde chrono.

« Oh, dit-elle d'une petite voix.

— Je ne veux pas aggraver le scandale, c'est tout. La moitié des clans du pays nous observent en ce moment, dit Gavin en tendant la main pour écarter une mèche de cheveux des yeux de Faith. Si je restais ici avec toi, ça paraîtrait... Ça nous priverait de certains choix.

— D'accord, soupira-t-elle, se sentant ridicule.

— Toc-toc, » dit Genny Beran en entrant dans la chambre.

— Salut, M'man, » dit Gavin. Un regard passa entre la mère et le fils, quelque chose de tendre que Faith ne comprit pas vraiment.

« Allez, file, toi, dit Genny en chassant Gavin. Je suis sûre que Faith est très fatiguée, n'est-ce pas, ma chérie ? »

Faith lui adressa un sourire reconnaissant et hocha la tête. À sa grande surprise, elle était effectivement plus fatiguée qu'elle ne l'avait cru. Gavin leur adressa un rapide salut de la main.

« À demain matin, mesdames, » dit-il en disparaissant.

Faith laissa échapper un long souffle et se frotta le visage de ses mains.

« Faith... dit Genny avec une expression compatissante. Ça va aller. »

Faith éclata de rire, un son distordu.

« Ah bon ? Ce n'est pas l'impression que j'ai, dit-elle. Gavin et moi, on n'est pas vraiment — »

Genny l'interrompit d'un geste.

« Pas besoin de détails, ma chérie. De tous mes fils, c'est Gavin qui a le plus grand cœur. Je suis sûre qu'il a fait ce qui s'imposait. »

Faith leva brièvement les yeux vers elle.

« Merci, dit-elle. Vraiment, toute votre famille est très gentille.

— Pffff, dit Genny. À présent, est-ce que ça te dérange si j'éteins la lumière ? Je suis vraiment exténuée après toute cette agitation.

— Bien sûr, dit Faith en s'allongeant sur le sac de couchage de Gavin.

— Bonne nuit, ma chérie, » lui dit Genny en éteignant la lumière avant de se retourner. Au bout de quelques minutes, Faith entendit ses ronflements tandis qu'elle s'endormait.

Ce fut alors que Faith commença enfin à se détendre, enfouissant son nez dans le sac de couchage de Gavin et inhalant sa merveilleuse odeur tandis qu'elle commençait à dériver vers le sommeil.

5

Gavin leva les yeux de sa tasse de café tandis que Cameron et Wyatt s'asseyaient lourdement face à lui à la table de pique-nique. Il avait passé la moitié de la nuit à cet endroit, d'où il pouvait voir la porte d'entrée de sa cabane, à tourner et retourner sa nouvelle situation dans son esprit.

Et pourtant, alors que la lumière du matin commençait à poindre au-dessus de la cime des arbres, il n'avait toujours pas de solution claire. Il ne pouvait pas laisser Faith auprès de sa famille de fous qui la maltraitait. Il ne la laisserait pas, s'il fallait en arriver là. D'un autre côté, si elle résistait, pourrait-il la forcer à venir avec lui ? S'il le faisait, vaudrait-il mieux que son père ou son frère ?

« Aïe, il en a la tête, dit Cam en donnant un coup de coude à Wyatt.

— C'est vrai, acquiesça Wyatt. La tête du mec casé. Regarde-moi ce malheur.

— Allez-vous faire foutre, soupira Gavin en posant ses coudes sur la table tout en foudroyant ses frères du regard.

— Après t'avoir aidé hier soir, s'indigna Cam. C'est comme ça que tu nous remercies.

— Vous commencer à parler comme des jumeaux, vous deux, à compéter les phrases l'un de l'autre, » leur dit Gavin.

Wyatt regarda Cam, et ils haussèrent tous deux les épaules, parfaitement à l'unisson. Puis ils éclatèrent de rire.

« Nom de Dieu, marmonna Gavin.

— Non mais, écoute. Sérieusement, dit Cam dont le rire s'estompa. On sait que tu regrettes de ne pas avoir participé à notre petit pari. Puisque tu t'es ramassé une partenaire, probablement une vierge, en plus, on peut te raconter quelques histoires pour te tenir chaud le soir.

— Par amour fraternel, bien sûr, ajouta Wyatt.

— Une vierge ? dit Gavin en se passant la main sur le visage. Bon sang, t'as probablement raison.

— C'est une première pour toi, mon vieux, dit Cameron. D'habitude, les filles avec qui tu sors ont une liste d'ex longue comme le bras. C'est comme ça qu'elles ramassent leurs casseroles émotionnelles. »

Cam se cala dans son siège avec un sourire satisfait, sachant qu'il tapait sur les nerfs de Gavin.

« Cette poupée-là est brisée d'une manière tout à fait différente. Intrigant, je le reconnais, » dit Wyatt, imitant la posture de Cameron.

« Je ne vous ai pas déjà dit d'aller vous faire foutre ? Parce que, vraiment, allez vous faire foutre, leur dit Gavin.

— Faut bien avoir des projets, dit Cam à Wyatt. Apparemment, Gav ne voit pas jamais de tristes personnages qui battent leurs gamins aux boulot.

— Je pensais que le fait de maintenir la paix à Red Lodge comblerait le vide dans son cœur, mais apparemment pas, » répondit Wyatt.

Gavin ouvrit la bouche pour leur dire une fois de plus d'aller se faire foutre, puis s'interrompit. Il regarda ses frères en plissant les yeux, pensif.

« Est-ce que tous les deux... vous vous inquiétez vraiment, même si vous le montrez de la manière la plus foutrement pénible possible ? Est-ce que c'est possible ? » demanda Gavin.

Cam et Wyatt se turent et échangèrent un regard. Wyatt haussa les épaules au bout d'un instant.

« Écoute, si tu veux t'attacher à une vierge sortie d'une famille d'assassins qui fabrique Dieu sait quoi, c'est ton choix, » dit Wyatt. Il évitait complètement de croiser son regard, ce qui signifiait, d'après Gavin, que Wyatt était parfaitement sérieux.

La porte de la cabane s'ouvrit. Faith en sortit, suivie par les deux parents de Gavin. Faith leva les yeux et lui adressa un sourire troublé avant de baisser à nouveau les yeux vers ses pieds.

« Les Messic arrivent, » marmonna Josiah.

Faith s'arrêta net et parut sur le point de prendre ses jambes à son cou.

« Faith, l'appela Gavin. Et si tu venais t'asseoir à côté de moi, d'accord ? »

Au bout d'une longue hésitation, elle lui adressa un nouveau sourire vacillant et s'exécuta. Elle lança un coup d'œil en direction de Wyatt et Cameron. De toute évidence, elle avait envie de dire quelque chose, mais avait le sentiment que c'était trop intime pour être dit devant ses frères.

Gavin se pencha près d'elle et lui murmura, « On n'est pas obligés de décider de quoi que ce soit maintenant, sauf de savoir si oui ou non tu comptes rentrer avec ta famille. D'accord ? »

Faith le regarda, ses yeux noisette brillant d'émotion. Elle hocha la tête avec raideur et se mordit la lèvre.

« Est-ce que tu veux rentrer avec eux, ou venir avec nous ? » demanda Gavin.

Faith détourna le regard, et prit une brusque et profonde inspiration. Lorsqu'elle le regarda à nouveau, elle paraissait décidée.

« Je ne peux pas retourner à la maison, murmura-t-elle en réponse.

— D'accord. Il te suffit de dire ça. Laisse-nous simplement parler, et on sera partis d'ici en un rien de temps. »

Gavin tendit la main et prit celle de Faith, serrant ses doigts entre les siens. Son front se plissa, et pendant un instant, elle parut sur le point de pleurer. Au lieu de quoi elle secoua la tête, et serra doucement ses doigts dans sa main.

Le cœur de Gavin se serra à ce geste, et quelque chose bondit en lui, quelque chose de farouche, de protecteur et d'avide.

Le père de Faith s'avança dans la clairière, ses frères juste sur ses talons. Il fit mine de s'avancer vers Faith ; Gavin se leva, sans lui lâcher la main. Ses frères se tenaient derrière lui, mais en fin de compte, son père interrompit la progression de l'autre Alpha d'un simple geste.

« Tu es allé assez loin, dit Josiah. Faisons en sorte de pouvoir maintenir la paix.

— Je n'ai pas l'impression qu'amener ma fille ici sans ma permission soit vraiment un geste pacifique, dit Aros en se campant sur ses pieds largement écartés, les bras croisés.

— Elle est la future partenaire de mon fils, à présent. Faut-il que je sorte le livre du code des Alpha, Aros ? dit Josiah sur un ton de défi.

— Ce que je crois, c'est que tout ça, c'est du vent, bien que je n'en comprenne pas la raison, » dit Aros. Il se tourna vers Faith et posa sur elle un regard dur. « Tu peux toujours revenir avec nous maintenant si ta vertu est intacte, Faith. »

Le visage de Faith s'empourpra complètement, et ses yeux s'emplirent de larmes. Gavin sentit plus qu'il n'entendit le grondement grave qui s'échappa de sa poitrine. Il tira sur sa main, l'attirant contre lui. Le fait qu'elle le laissât glisser un bras autour de sa taille l'apaisait, ainsi que son ours, d'une manière profondément primitive.

« Je ne... Je ne reviendrai pas, Faith parvint-elle à dire, d'une voix à peine plus forte qu'un murmure.

— Tu seras bannie du clan. Tu le comprends, n'est-ce pas ? railla son frère en faisant un grand pas en avant.

— Ne m'oblige pas à te faire reculer, gronda Wyatt en s'avançant vers Jared de plusieurs longues foulées.

— Arrête, » dit Josiah en levant une main. Wyatt s'immobilisa, mais il montra ses canines au frère de Faith. Si la situation n'avait pas été aussi sérieuse, Gavin aurait peut-être ri des pitreries de son frère. Bien sûr, il connaissait vraiment Wyatt. Aux yeux d'un étranger, Wyatt ne promettait que violence.

« Si vous insistez pour la prendre, alors soit, dit Aros. Elle ne sera rien d'autre qu'un fardeau, comme elle l'a été pour nous.

— Personne ne se battrait pour un fardeau, » dit une voix féminine.

Tous les yeux se tournèrent vers la mère de Gavin, qui se tenait fièrement près de la cabane.

« Tu permets à ta partenaire de parler pour toi à présent, Beran ? demanda Aros avec un rire cruel.

— Elle est la personne la plus sage que je connaisse. Je suis fier qu'elle parle pour moi, » dit Josiah. Il se hérissa, s'efforçant de toute évidence de contrôler son ours. Sa partenaire était le seul véritable point sensible de Josiah, un sujet pour lequel il se serait lancé à coup sûr dans un combat sans merci en quelques secondes.

Aros cracha par terre, le visage plissé par une grimace de dégoût.

« Tu es faible, dit-il.

— Emmène M'man, dit Cam à Gavin. Emmène-les à la voiture, elle et Faith. On vous retrouvera là-bas. »

Aros et Josiah se disputaient à présent, mais Gavin ne les écoutait plus.

« Tu parles, ouais. Je ne m'en irai pas, dit Gavin en regardant son frère d'un air désapprobateur. J'ai envie de me faire le grand frère, là.

— Ils vont embarquer ta nana. Peut-être même faire du mal à M'man. Ça ne me surprendrait pas de leur part. Et toi ?

— Putain, » marmonna Gavin en lançant un coup d'œil à Faith. Elle paraissait terrifiée, et il sentait réellement ses doigts trembler tandis qu'elle serrait sa main dans la sienne. Sa mère, en revanche... lorsqu'il regarda dans sa direction, elle était carrément en train de retrousser les manches de son chemisier. Comme si ses fils allaient la laisser se battre à mains nues avec une bande de Berserkers tarés.

« Wyatt, les clés ! » fit sèchement Cam. Sans regarder, Wyatt sortit les clés de sa voiture de location de sa poche et les lança à Cameron, qui les passa à Gavin.

« Putain de merde, » dit Gavin en entraînant Faith à sa suite. Il se dirigea droit vers sa mère, laissant ses frères jouer la défense tandis qu'il traînait pratiquement les deux femmes en direction du parking.

Ils arrivèrent à la voiture en moins d'une minute. Gavin déverrouilla la voiture et installa les deux femmes sur le siège arrière, en leur adressant son expression la plus sérieuse.

« Si l'une de vous déverrouille cette voiture, elle sera responsable de ce qui arrive à l'autre. Est-ce que vous comprenez ? Si vous sortez et que quelqu'un fait du mal à l'une de vous, ce sera la faute de celle qui aura ouvert. Ne leur fournissez pas d'accès. »

Faith le regarda avec de grands yeux, et sa gorge remua tandis qu'elle hochait la tête. La mère de Gavin croisa les bras et souffla bruyamment tout en se calant contre le dossier du siège, l'air mécontent. Gavin ferma la portière et activa l'alarme avec la clé électronique.

Il se détourna et retourna d'un pas décidé en direction de la clairière, mais ses frères et son père le rencontrèrent à mi-chemin.

« Quoi, c'est déjà fini ? demanda Gavin.

— D'autres Alpha se sont pointés et ont fait dégager tout le monde, déplora Wyatt.

— Merde, dit Gavin en secouant la tête.

— Je sais. Ne t'en fais pas, j'ai flanqué un sacré coup de poing au frangin. Je crois que je lui ai cassé le nez, dit Cam d'un air guilleret malgré le sang qui coulait d'un coin de sa bouche.

— J'aurais vraiment voulu le lui casser moi-même, soupira Gavin.

— La prochaine fois, fiston, dit Josiah en donnant une tape dans le dos de Gavin tandis qu'ils retournaient sur le parking.

— On fait quoi, maintenant ? demanda Gavin.

— Cam, Wyatt et moi allons débarrasser nos cabanes, puis on partira pour l'aéroport. J'ai besoin d'air frais. Mais de l'air du Montana, » annonça Josiah.

Gavin ne put s'empêcher de se dire qu'il n'avait jamais entendu une aussi bonne idée de sa vie.

6

Faith sirotait son café dans l'aéroport, en balayant du regard le terminal bondé. Gavin et ses parents étaient partis régler quelques formalités administratives, en l'occurrence faire monter Faith dans un avion sans le moindre papier d'identité. Elle avait quitté le camp sans rien d'autre que les vêtements qu'elle portait, et ce n'était pas comme si elle avait un permis ou un passeport sur elle. Pas besoin, puisque les femmes de sa famille n'étaient pas autorisées à conduire de toute façon.

Ce qui la laissait assise dans le petit

hall de l'Aéroport international de Lambert-Saint-Louis avec Cameron et Wyatt. Bien que la famille Beran fussent essentiellement des inconnus pour elle, elle avait à peine échangé quelques mots avec les deux frères de Gavin et ils ne semblaient pas non plus avoir très envie que ça change.

Dès que Gavin et ses parents étaient partis régler ce problème de papiers d'identité, Cameron s'était levé d'un bond et s'était dirigé vers la boutique de cadeaux. Faith le voyait toujours à l'autre bout du terminal, en train de feuilleter les magazines.

« Alors. C'est quoi, l'embrouille, avec toi ? »

Faith se retourna pour dévisager Wyatt, qui se leva et se laissa tomber sur le siège à côté du sien.

« Je — Qu'est-ce que tu veux dire ? » demanda-t-elle en rougissant. Quelque chose chez Wyatt la rebutait et la mettait profondément mal à l'aise. Il faisait partie des hommes les plus séduisants qu'elle eût jamais rencontrés, mais il n'y avait pas que ça. Il avait quelque chose de dur, quelque chose de sombre qui lui donnait envie de prendre la fuite.

« Je me demande seulement comment on a pu en arriver là, dit-il en croisant les jambes et en se laissant aller contre le dossier de son siège. Un instant, on part faire du camping. L'instant d'après, mon frère te délivre comme une princesse de son château. C'est quoi, l'embrouille ?

— Je — Je ne sais pas de quoi tu parles, dit Faith en se tortillant sur son siège.

— Ouais, ouais. Alors, genre, vous baisez, tous les deux, ou bien est-ce que c'est genre, il veut te baiser et tu ne le laisses pas encore faire, ou quoi ? demanda Wyatt en sortant un cure-dents de sa poche pour le glisser entre ses dents.

— C'est horrible de dire ça, dit Faith en croisant les bras.

— Putain, alors c'est pas encore. Pigé.

Je ne peux pas dire que ça me surprenne. T'as l'air d'une prude, lui dit Wyatt en balayant son corps du regard de la tête aux pieds, avec l'air de la trouver déficiente.

— Eh bien, tu ne le sauras jamais, » fit sèchement Faith en tirant sur sa robe usée et en redressant l'échine.

Wyatt rejeta la tête en arrière en riant.

« Sympa. Au moins, t'as un peu de piquant. La plupart des filles que Gavin sauve sont tellement *barbantes*.

— Tu devrais peut-être aller jeter un coup d'œil à la boutique de souvenirs avec ton frère, dit Faith en détournant son visage.

— Il fait souvent ça, tu sais. Gavin aime bien les petites poupées brisées, les femmes qu'il répare.

— Ce ne sont vraiment pas mes affaires.

— Ouais, c'est ça. C'est de toi que je parle, ma p'tite dame. T'as l'air sympa, j'en suis sûr. Mais regarde-toi, et ta famille, et ensuite regarde ma famille. On n'est pas sur la même longueur d'onde. On n'est même pas du même monde. Il n'y a qu'une seule raison pour laquelle les filles comme toi se mettent avec les mecs comme mon frère. »

Faith se retourna à nouveau pour le regarder, en ouvrant de grands yeux incrédules.

« Le fric, articula silencieusement Wyatt, puis il eut un sourire en coin.

— Tu es... argh, balbutia Faith.

— Bah, pour quoi d'autre, sinon ? Si tu voulais un mâle Alpha, tu aurais choisi soit Cam, soit moi. Gavin est le cœur tendre de la famille, une bonne épaule sur laquelle pleurer. »

La mâchoire de Faith se contracta, et elle baissa les yeux avant d'avoir pu dire quelque chose qu'elle aurait sûrement regretté. Wyatt était peut-être un imbécile, mais sa famille était bel et bien en train de lui porter secours. Elle ne voulait pas prendre le risque de les mettre tous à dos, pas alors qu'ils s'étaient montrés si gentils. Son frère Jared avait l'appui de son père en toutes choses, peut-être en était-il de même pour Wyatt et Josiah Beran.

« Je t'ai à l'œil. Ne dis rien. Sache seulement que tu ne toucheras pas un sou en le prenant comme partenaire. Je veillerai à ce que mon frère soit protégé. Et tu ferais bien de ne pas non plus piétiner ses sentiments. Tu le regretterais jusque sur ton lit de mort, » promit Wyatt.

Sans laisser à Faith le temps de répondre, Wyatt se leva et se dirigea nonchalamment vers la boutique de souvenirs, pour y prendre quelques sachets de bonbons. Faith réprima les larmes de colère qui menaçaient de lui échapper et réalisa que même ce sauvetage miraculeux de l'emprise de son frère et de son père ne se ferait pas sans lutte.

Peut-être qu'il n'y avait vraiment aucune fin heureuse en vue pour elle, se dit-elle.

7

Faith ne pouvait s'empêcher de plaquer son nez contre la vitre de la voiture tandis que Gavin les conduisait du chalet à la maison d'amis. Elle était complètement ébahie par la vue, des immenses montagnes au sommet blanc et des collines d'un vert velouté. Chaque pouce du paysage était peint dans des couleurs éclatantes et époustouflantes, et des textures passionnantes. Quand on passait de l'Illinois monotone et ennuyeux à ça...

« On y est presque, » lui dit Gavin, la faisant sursauter. Elle se détourna de la vitre et rougit légèrement en voyant l'amusement dans son expression.

« Je dois avoir l'air d'une souris des champs, soupira-t-elle. C'est juste que... je n'arrive pas à croire que tu aies la chance de vivre ici ! C'est si beau, je ne m'en lasse pas.

— Eh bien, en réalité, je vis à Billings. D'habitude, je ne suis là que le week-end, lui apprit Gavin. Mais je vais prendre un congé prolongé, jusqu'à ce que tout ça soit réglé. »

Faith fronça les sourcils, et son moral retomba.

« Je ne veux pas t'empêcher de travailler, dit-elle. Et comment est-ce qu'on saura quand tout sera réglé, de toute façon ? »

Gavin l'observa tandis qu'il réfléchissait à ses paroles.

« Je pense qu'on va décider de ça ensemble, dit-il. Et j'ai accumulé trois mois de congés en sept ans. Je crois que je les ai mérités, pas toi ? »

Faith pinça les lèvres, ne voulant pas

se disputer avec lui. Plus tard, lorsqu'elle aurait trouvé un plan solide, ils pourraient renégocier les choses. Elle regarda à nouveau par la vitre et poussa une exclamation étranglée lorsque le bâtiment sombre apparut.

« C'est *ça* votre maison d'amis ? » s'écria-t-elle. Elle était dans le même style d'aspect rustique que le chalet lui-même, un peu comme une cabane de rondins géante. Ce bâtiment-là était plus petit que la maison principale, mais pas de beaucoup.

« Ouaip. M'man aime bien encourager les gens à venir, » dit-il en haussant les épaules.

Son attitude était désinvolte au point d'être cavalière, et Faith réalisa qu'il n'avait aucune idée de la chance qu'il avait. Elle n'aurait jamais dit que Gavin se comportait comme un privilégié, mais il ne semblait pas avoir conscience de tout ce que sa famille possédait. La famille de Faith avait à peine un sou vaillant, ce qui était source de frustration et de conflits permanents.

Gavin se gara devant la maison et descendit d'un bond, puis fit le tour pour ouvrir la portière de Faith. Il ouvrit le coffre et en sortit sa valise, ainsi qu'un carton d'affaires que Genny avait emballées pour Faith. En dépit des protestations de Faith, Gavin avait insisté pour qu'ils passent au centre commercial dès leur descente de l'avion. Genny avait rempli un caddie entier de vêtements et d'articles de toilettes, refusant d'entendre le moindre mot à ce sujet.

Pour la première fois de sa vie, Faith avait dû choisir et essayer des vêtements prêts à porter ; la plupart des siens étaient des vêtements qu'on lui avait donnés ou des robes qu'elle avait faites elle-même à partir de vieux patrons. Genny avait aussitôt vu à quel point Faith était abasourdie, et avait choisi des tas d'articles à lui faire essayer. Faith avait catégoriquement écartés quelques vêtements qu'elle trouvait bien trop impudiques, mais en fin de compte, Genny avait choisi tout ce qui, d'après elle, allait bien à Faith.

Tout en secouant la tête à ce souvenir, Faith leva les yeux vers la maison d'amis.

« C'est vraiment gentil de la part de tes parents de nous laisser séjourner ici, » dit-elle à Gavin.

Gavin renifla.

« Tu plaisantes ? Ma mère t'installerait dans la maison principale et te chouchouterait comme une poupée de porcelaine si tu la laissais faire. Elle trouve que tu es la plus belle création qui soit depuis le pain en tranches, » lui dit-il.

Faith lui lança un regard soupçonneux.

« Je ne plaisante pas ! dit Gavin. Elle est probablement déjà sur internet, en train de te commander d'autres trucs. Prépare-toi à être pourrie-gâtée. »

Faith baissa les yeux vers le colis, l'estomac noué.

« C'est trop, soupira-t-elle. Est-ce que tu peux l'empêcher de commander autre chose ? »

Gavin renifla et s'avança vers la maison, refusant à l'évidence ne fût-ce que d'envisager cette idée. Il ouvrit la porte puis s'écarta et l'invita à entrer avec une révérence.

« Ma Dame, » plaisanta-t-il en adressant un clin d'œil à Faith.

Elle ne put s'empêcher de lui rendre son sourire. En entrant, elle s'émerveilla de la beauté de l'endroit. La pièce principale était un vaste espace unique, avec des fenêtres vertigineuses, ainsi qu'une cuisine et un salon délimités par du bois sombre.

« Les chambres sont là-bas, derrière, dit Gavin en désignant un couloir tout à fait à droite. Il y a trois chambres et chacune a sa propre salle de bain. Choisis celle que tu veux, mais celle qui est tout à fait à gauche risque de te plaire.

— Cette maison est incroyable, dit

Faith, qui se sentait toute petite pour une fois dans sa vie.

— Eh bien, vas-y, explore-la. Il faut que je fasse un saut à la maison principale pour aller chercher les courses et ajouter quelques trucs sur la liste de M'man. »

Il sortit sans laisser à Faith le temps de prononcer un mot.

« Les hommes, » soupira-t-elle pour elle-même. Puis elle éclata de rire, car elle ne savait en fait pas grand-chose des hommes en dehors de sa famille. Et si Gavin était aussi différent de son père et de ses frères, il y avait des chances pour que l'expérience de Faith ne couvre pas grand-chose.

Faith déglutit et s'efforça de ne pas penser au fait que c'était la première fois qu'elle passait la nuit dans une maison inconnue avec un homme auquel elle n'était pas liée par le sang. Elle eut la bouche sèche à cette seule pensée, aussi s'éclaircit-elle la gorge et se propulsa-t-elle en direction des chambres.

Elle alla dans le couloir, ouvrit la porte de la première chambre et sourit lorsqu'elle la vit. Elle était très masculine, toute en bois sombre et teintes de bleu marine. Il y avait une autre baie vitrée dans cette chambre, bien qu'un bosquet en occupât en partie un côté. Les pins semblaient bien s'accorder avec la chambre, d'une certaine manière.

Elle avança le long du couloir et ouvrit la porte de la seconde chambre. Celle-ci était très simple, avec une petite banquette-lit d'un côté et un grand bureau de chêne de l'autre. Elle était peinte dans des tons gais de jaune et de bleu et les meubles étaient disposés de manière à encadrer une grande baie vitrée d'une banquette rembourrée. Elle était très chaleureuse et confortable, et invitait à s'asseoir avec une tasse de thé pour contempler le splendide paysage du Montana. Lorsqu'elle ressortit dans le couloir, Faith hésita presque à laisser la chambre derrière elle.

Enfin, elle arriva à la troisième

chambre. Faith resta bouche bée. Elle était absolument époustouflante. Tout un angle de la pièce était fait de verre, révélant une vue sans pareil sur les montagnes. Le reste de la chambre était parfait, d'un blanc immaculé partout où elle posait son regard. Un énorme lit de fer forgé sombre se trouvait contre l'un des murs, surmonté d'épais édredons et d'oreillers de plumes.

« Oh, bon sang, » murmura-t-elle en entrant. Elle posa son carton par terre à côté du lit, admirant le bureau et la table de chevet en métal d'un blanc étincelant. Il y avait deux portes côte à côte, et elles l'intriguaient. Elle en ouvrit une et découvrit un dressing vide. L'autre révéla une splendide salle de bain blanche avec une immense baignoire à griffes et une douche vitrée d'aspect luxueux.

Faith sortit à reculons de la salle de bain, avec l'impression d'être submergée. Elle était maniaque de la propreté à la limite de l'obsession, mais elle n'avait jamais dormi dans un endroit qui lui parût si... achevé. Il n'y avait absolument rien qui eût besoin d'être fait et cela la déroutait profondément. Tout dans sa vie était un fiasco, et elle n'avait aucun droit d'être *contente* des conséquences de son séjour à Saint-Louis. D'un autre côté, elle n'avait pas eu beaucoup de contrôle sur ce qui s'était produit jusque là. Alors était-elle vraiment en train de faire quelque chose de mal ? Des larmes se formèrent dans ses yeux tandis qu'elle essayait de se confronter aux ridicules aspects moraux de sa situation.

Faith se jeta sur le lit, refusant de s'autoriser à pleurer pour quelque chose d'aussi stupide que le fait de se sentir détendue pour une fois. Son corps trembla pendant quelques instants, puis elle s'aperçut qu'elle avait l'impression de s'enfoncer dans le lit, la gravité l'attirant encore et encore vers le bas, et...

Lorsque Gavin parla, Faith se réveilla en sursaut. Il était assis sur le lit à côté d'elle, son genou contre sa hanche.

« Est-ce que j'avais raison, pour la chambre ? » demanda-t-il.

Faith battit des paupières et se frotta le visage pour se réveiller. Elle rougit et s'essuya la bouche, en espérant ne pas avoir bavé partout alors que Gavin la regardait.

« Euh... oui, dit-elle en se rappelant sa question. J'aime énormément cette chambre. Elle est vraiment parfaite.

— J'ai remarqué que tu as l'air d'aimer tout ce qui est bien rangé, dit-il avec un haussement d'épaules.

— Quoi ? Quand ? demanda Faith.

— Tu t'es mise à ranger tout ce que tu voyais dès l'instant où on est montés dans la voiture à Saint-Louis jusqu'à ce qu'on arrive au Chalet. La banquette arrière de ma voiture n'avait jamais été aussi méticuleusement dépoussiérée avec des serviettes de fast-food jusque là. Et puis, tu as tout réorganisé dans le salon de l'aéroport.

— Ce n'est pas vrai ! protesta Faith.

— Ne t'en fais pas, c'est plutôt mignon, » la taquina Gavin. Faith rougit encore plus fort, si c'était possible.

« C'est nerveux, grommela-t-elle.

— Tu peux venir faire du ménage nerveux dans mon appartement, c'est une offre permanente, » plaisanta Gavin.

Faith lui lança un regard soupçonneux.

« Tu es vraiment de bonne humeur, » accusa-t-elle.

Gavin se contenta de rire et lui tapota le genou.

« Lève-toi. J'ai préparé le dîner, » dit-il. Il sortit de la chambre d'un pas nonchalant, laissant Faith faire un brin de toilette et le suivre dans la pièce principale.

Lorsque Faith émergea de sa chambre quelques minutes plus tard, elle fut accueillie par l'odeur de viande rôtie la plus incroyable qui fût. Son estomac gronda aussitôt et elle rougit jusqu'à la racine de ses cheveux. Elle aimait la nourriture comme tout le monde, mais elle était une femme un peu forte et faisait toujours très attention à ce qu'elle mangeait.

— Te voilà, » dit Gavin en se détournant de la cuisinière, les yeux étincelants. Il était pieds nus, et portait un jean taille basse foncé et un T-shirt bleu marine moulant. On aurait dit qu'il venait de prendre une douche après leur vol, bien qu'il ne se fût pas rasé. Sa barbe naissante, étrangement, ne faisait que souligner sa fière allure cent pour cent américaine, donnant à Faith une conscience aiguë de sa propre allure après le voyage et son petit somme.

« Ça sent très bon ici, dit Faith en essayant de voir ce qu'il préparait tandis qu'elle s'avançait dans la cuisine.

— Assieds-toi, » dit Gavin en se servant d'une spatule en métal pour désigner un siège au bar surmonté d'un plateau de granit de la cuisine. J'ai presque fini. Attends encore deux petites minutes et on sera bons. »

Faith obtempéra et alla se percher sur l'un des tabourets du bar.

« Alors, qu'est-ce que tu as préparé ? demanda-t-elle. Rien qu'à l'odeur, je devine que ça va être incroyable.

— J'espère que tu aimes le gibier, dit Gavin en lui décochant un sourire éclatant. J'ai fait des steaks de gibier, des gousses d'ail rôties, des asperges poêlées et de la courge butternut. »

Faith resta bouche bée.

« Je croyais que tu avais la flemme de cuisiner ? parvint-elle à dire, perplexe.

— C'est le cas, crois-moi. Ne t'habitue pas à être chouchoutée comme ça, la taquina Gavin en se retournant pour remuer le contenu d'une poêle en fonte pleine d'asperges. Je me suis dit que ce serait sympa qu'on se fasse un dîner sophistiqué pour notre première nuit ici. Un genre de... premier rendez-vous. »

Il marmonna à-demi le dernier mot, concentré sur son travail. Faith fut heureuse qu'il ne lui prêtât pas attention à cet instant, car elle était certaine que son visage empourprée et son air absolument stupéfait n'étaient pas très flatteurs. Elle s'éclaircit la gorge, ne sachant pas trop comment réagir au mot *rendez-vous*.

Certes, Gavin lui avait rendu un énorme service. Il l'avait aidée à échapper à son père et à ses frères, après qu'ils eurent été surpris en train de s'embrasser. Il ne faisait que se montrer courtois... pas vrai ?

« Très bien, je crois qu'on est prêts, dit Gavin sans se rendre compte de la tempête qui faisait rage à l'intérieur de Faith. Qu'est-ce que tu veux boire ? J'ai une très bonne bouteille de zinfandel rouge, si ça te va. »

Faith hésita. Elle supposa qu'il parlait de vin, mais elle n'y connaissait rien. Personne dans sa famille ne buvait d'alcool, et elle n'avait jamais bu ne fût-ce qu'une gorgée de vin de sa vie. Mais elle ne voulait pas se montrer impolie, aussi se contenta-t-elle de hocher la tête.

« Super. Passons à table, dans ce cas, dit Gavin en saisissant deux plateaux de nourriture. Tu veux bien m'attraper le vin et le tire-bouchon ? »

Faith se leva d'un bond et se précipita à sa suite, s'emparant de la bouteille de vin et de l'ustensile biscornu posés sur le plan de travail. Gavin avait déjà installé sur la table des assiettes, des verres à vin, et même deux chandeliers d'argent surmontés de minces chandelles blanches.

« C'est trop, dit Faith en secouant la tête à l'attention de Gavin.

— Pas du tout, protesta Gavin. Attends, attends, on va faire ça comme il faut. »

Il déposa les deux plats sur la table et prit la bouteille de vin et le tire-bouchon des mains de Faith pour le mettre de côté. Avec un demi-sourire et une minuscule révérence, il tira sa chaise.

« D'ac...cord, dit Faith, dont la gêne devenait de plus en plus insupportable. Merci, Gavin.

— De rien. Au moins personne ne pourra dire que je ne sais pas comment me comporter lors d'un premier rendez-vous, » dit-il d'un ton débordant d'humour. Faith eut l'estomac noué, car on ne pouvait certainement pas en dire autant d'elle.

Elle n'avait jamais eu de rendez-vous ni rien qui y ressemblât de près ou de loin. Dans son clan, il y avait beaucoup plus de femmes que d'hommes, aussi beaucoup de femmes étaient-elles destinées à rester vieilles filles. Les femmes qui trouvaient bien des partenaires étaient appariées à des parents pas très éloignés sur ordre de l'Alpha ; cela n'impliquait ni rendez-vous galants, ni de leur faire la cour.

« Ça a l'air délicieux, dit Faith en s'arrachant à ses pensées. Je viens de réaliser à quel point j'ai faim. »

Trop tard, se dit-elle avec une petite grimace intérieure en s'apercevant que son premier commentaire avait été sur son appétit. S'il y avait bien une chose que son père et ses frères lui avaient apprise, c'était que sa corpulence n'était pas son meilleur atout et que parler de nourriture ne faisait qu'encourager les commentaires désobligeants.

« Bah, ouais, dit Gavin en hochant la tête. On n'a pas pris de vrai repas depuis le poisson frit. Et dans mon souvenir tu n'as pas bien mangé là-bas non plus. »

La mortification envahit la poitrine de Faith lorsqu'elle réalisa que Gavin avait fait attention à ce qu'elle mangeait. Ce n'était pas bon signe. Elle allait devoir se montrer prudente au moment des repas ici, tout comme elle l'avait été avec son père ou Jared.

« Tout va bien ? » demanda Gavin. Faith redressa l'échine et lui adressa un sourire. Il était vraiment incroyable et il fallait qu'elle arrête de bouder comme une adolescente.

« Bien sûr, dit-elle en tendant la main vers le plat. Est-ce que je peux te servir ? »

Gavin haussa un sourcil, mais lui adressa un léger hochement de tête. Faith lui donna la part du lion de tout, le servant d'abord puis ne prenant que de petites portions pour elle-même. Les steaks de gibier étaient énormes, et bien qu'elle eût donné à Gavin un steak entier, elle coupa le second de manière à ne se servir qu'un tiers de la gigantesque portion.

« Je croyais que tu avais faim ! » dit Gavin en lui lançant un drôle de regard tandis qu'il la regardait remplir son assiette. Faith le regarda du coin de l'œil et ajouta encore un peu d'asperges et de courge butternut à son assiette.

« J'ai tout le temps les yeux plus gros que le ventre, » dit Faith en reposant le plat sur la table. Le regard sceptique de Gavin ne lui échappa pas, mais il était trop poli pour ajouter quoi que ce fût.

« Très bien. Apportons la touche finale, » dit-il. Il se leva et alluma les chandelles au moyen d'une allumette, puis ouvrit adroitement le vin. Il leur en servit un demi-verre chacun, puis s'assit et prit son verre.

« Il me semble qu'on devrait porter

un toast. À quoi est-ce qu'on devrait trinquer ? » demanda-t-il.

Faith réfléchit un instant avant de répondre.

« Aux nouveaux départs ? Est-ce que ça fait cliché ? » demanda-t-elle.

Gavin eut un petit rire, mais il secoua la tête.

« Peut-être un peu, mais c'est de circonstance, dit-il. Très bien, dans ce cas. Aux nouveaux départs. »

Ils firent tinter leurs verres l'un contre l'autre, leurs visages s'ornant de larges sourires. Faith porta le verre à ses lèvres et but une gorgée, réprimant une grimace en sentant le goût amer du liquide. Ils mangèrent et discutèrent, la conversation devenant de plus en plus facile à mesure que passait le repas.

Gavin parla à Faith de son travail auprès des services sociaux d'aide à l'enfance, des défis et des joies qu'il rencontrait dans son travail. Faith l'écouta et se surprit à envier un peu le plaisir qu'il semblait manifestement prendre à faire son métier.

« Il faut que je contacte l'école pour laquelle je travaillais, pour leur dire que je ne reviendrai pas, dit Faith quelques instants plus tard.

— Je crois que Cameron t'a commandé un iPhone et un ordinateur portable qui devraient arriver dans un jour ou deux. Ça devrait te faciliter les choses. Tu n'as certainement pas besoin d'un emploi ici, mais si tu le voulais, tu pourrais commencer à chercher un nouveau poste. Si tu trouvais quelque chose à Billings, on bosserait dans le même coin. »

Faith regarda Gavin, en essayant de cerner son propos. À l'entendre, on aurait dit qu'ils étaient déjà pratiquement appariés, comme si les choses étaient claires et ouvertes alors qu'en réalité elles étaient loin de l'être.

« Ou sinon, pourquoi pas ton livre ? demanda-t-il, poursuivant sa pensée.

— Mon livre, répéta-t-elle en s'efforçant de masquer son ébahissement.

— Bah, ouais. Si tu voulais travailler à ton livre pour enfants, ce serait bien de commencer là. C'est bien d'avoir un boulot qu'on aime. »

Faith but une grande gorgée de son vin pour dissimuler sa perplexité grandissante. Gavin se leva et ramassa les assiettes, refusant son aide, et entreprit de nettoyer la cuisine, en fredonnant joyeusement pendant tout ce temps.

« Ça te dirait, un film ? demanda-t-il lorsqu'il eut terminé.

— Ça me plairait bien, » dit Faith. Cela leur permettrait de se concentrer sur autre chose, tout en donnant à Faith le temps de réfléchir à ce qu'elle pourrait faire ensuite. Après tout, elle ne pourrait pas toujours rester là à vivre de la charité de Gavin.

Gavin la laissa choisir le film, en lui indiquant le demi-mur couvert de DVD dans le salon. Beaucoup de ces films étaient des titres dont elle n'avait jamais entendu parler, des drames populaires et des comédies dont Faith jugeait le sujet trop osé pour sa première véritable soirée en compagnie de Gavin.

Elle finit par se décider pour *Wall-E*, un film familial sur un robot mignon qui avait l'air de se sentir seul. Il était bien loin du domaine habituel de Faith, mais il semblait assez inoffensif. Le film était à couper le souffle sur le plan visuel mais avait très peu de dialogues, et Gavin la surprit en discutant et en sirotant du vin pratiquement tout le long.

À sa grande surprise, le film s'avéra être magnifique. Gavin ne cessait d'ajouter un peu de vin dans son verre toutes les demi-heures environ. Recroquevillée sur le canapé à côté de Gavin, Faith fut bientôt submergée d'une agréable sensation de détente, de bonheur et de réconfort.

Gavin retira un édredon moelleux du dossier du canapé et l'étala sur eux deux, et Faith commença bientôt à s'assoupir. Abandonnant son verre de vin, elle se laissa aller à s'enfoncer dans le canapé, penchée de plus en plus près de Gavin jusqu'à se retrouver blottie contre l'étroite chaleur de son flanc. Il finit par s'étirer et glisser un bras autour de ses épaules, de plus en plus silencieux à mesure que le scénario du film devenait plus intense.

Faith leva les yeux vers Gavin à travers ses cils et rougit comme une folle lorsqu'elle réalisa à quel point il était beau, et à quel point la sensation de son corps contre le sien était agréable. Le vin lui murmurait doucement à l'oreille, la faisait se demander s'il y avait des chances pour que Gavin l'embrassât à nouveau et ce qu'elle pourrait faire pour qu'il pose une fois de plus ses lèves sur les siennes.

Elle ne parvint cependant jamais à le découvrir, car ses paupières traîtresses commencèrent à devenir lourdes. Elle s'assoupit bientôt, heureuse dans le nid chaud et sûr que Gavin avait créé.

8

Gavin s'arrêta devant la maison d'amis, sa silhouette d'ours massive rendant ses mouvements peu gracieux. Il regarda la forme d'ourse de Faith tandis qu'elle se retournait pour l'observer en reniflant, n'ayant manifestement pas manqué sa maladresse. Il distinguait le rire dans ses yeux, mais cela le rendait plus heureux qu'il ne pouvait l'exprimer sous sa forme actuelle.

Au cours des dix derniers jours, Faith avait vraiment commencé à s'épanouir. Elle était tout aussi gentille et désireuse de faire plaisir qu'il ne l'avait imaginé au départ, mais elle avait également l'esprit vif et elle était intéressante et attachante. Une fois qu'elle s'était détendue et qu'elle avait cessé de lutter contre les attentions et les somptueux cadeaux de sa famille, Gavin avait découvert qu'elle était à part égales charmante et compliquée, et entièrement magnifique.

Il n'avait jamais vécu avec aucune de ses compagnes, aucune de ses relations n'avait été sérieuse à ce point. Il avait donc été agréablement surpris de constater que le fait de trouver Faith de bon matin, en train de préparer des pancakes dans son pyjama excessivement pudique, son peignoir et ses chaussons, était tout à fait attendrissant. Bien qu'ils passassent le plus clair de leurs journées à se promener sous leurs formes d'ours, à faire des cabrioles, à pêcher et à explorer les terres du chalet, en dehors de l'heure du petit-déjeuner Faith veillait toujours à être vêtue de manière très conservatrice et impeccable.

Gavin avait éprouvé un élan d'affection pour elle lorsqu'il s'était avancé derrière elle alors qu'elle était assise sur le canapé. Il avait aperçu l'écran de son ordinateur portable et avait découvert qu'elle cherchait "Comment assortir une tenue". Il supposait que c'était un changement plutôt radical pour elle, le fait d'être dans un endroit inconnu, séparée de sa famille, et qu'on attende d'elle qu'elle parle, se comporte et s'habille d'une manière qui lui était étrangère.

Mais elle s'était parfaitement adaptée à tout. Son attitude timide et conservatrice s'effaçait un peu plus chaque jours, faisant place à une femme vibrante, bienveillante et qui aimait rire. Il était même parvenu à l'embrasser plusieurs fois. Ils avaient échangé des baisers passionnés et haletants qui devenaient de plus en plus torrides à chaque rencontre.

Et voilà que Gavin avait une surprise pour Faith, qui devrait la ravir au-delà de toute mesure. Tandis qu'il faisait le tour de la maison pour se changer, déterminé à maintenir une certaine pudeur de manière à ne pas pousser Faith hors de sa zone de confort, Gavin sourit pour lui-même.

Si elle avait su à quel point elle le rendait fou, elle aurait rougi de la racine de ses splendides cheveux bonds jusqu'à ses orteils aux bouts tout récemment vernis de rose. Gavin manqua de pousser un gémissement tandis qu'il enfilait son jean, ajustant sa furieuse érection. Il bandait depuis que Faith s'était endormie sur ses genoux le premier soir. Bon sang, peut-être même depuis la première fois qu'ils avaient uni leurs lèvres sur ce ponton, sous le ciel nocturne étincelant.

Il se secoua, enfila son T-shirt et fit le tour de la maison. Faith était entrain de glisser ses pieds dans une paire de ballerines blanches, tout en lissant les plis de sa robe de coton vermeil. La robe avait des manches trois-quarts et lui descendait jusqu'aux genoux, conservatrice pour la plupart des gens, mais Faith avait admis avoir l'impression d'être "à moitié nue" lorsqu'elle s'était montrée dedans plus tôt ce matin-là.

« Tu es splendide, lui dit Gavin, ravi de la manière dont ses joues rosirent.

— Oh, arrête, le fit-elle taire, mais ses yeux noisette pétillèrent de plaisir.

— J'ai quelque chose à te montrer, lui dit Gavin en lui tendant la main pour l'escorter à l'intérieur.

— J'espère que c'est une salade. J'ai vraiment abusé sur les repas toute cette semaine, » déplora-t-elle.

Gavin fronça les sourcils. Il savait qu'elle était très susceptible à propos de son corps, bien qu'il ne comprit pas pourquoi. Elle n'était pas un poids-plume, mais elle était à tomber. Toute en courbes tendres et parfaitement moulées, en douces pentes que ses mains brûlaient d'envie de découvrir et d'explorer. Il était grand et costaud et il voulait une femme qui puisse supporter ses attentions. Bien qu'il eût à peine fait plus que l'embrasser jusque là, Gavin savait d'instinct que Faith était capable de recevoir tout ce qu'il avait à donner et plus encore.

Mais il avait tout de même fait de son mieux pour ne passer que des commandes de courses qui comprenaient de bonnes protéines maigres, des légumes sains, et un minimum de féculents. C'était le régime alimentaire qu'il préférait de toute façon, bien qu'il y fît parfois entorse en mangeant un énorme bol de fettucine Alfredo ou un sundae. Il avait l'intention d'amener doucement Faith au concept de « jours de relâche » très bientôt, une fois qu'elle aurait compris qu'il voulait qu'elle se détende et s'amuse au lieu de s'inquiéter de ce que les autres pensaient de ses habitudes alimentaires.

« Ce n'est pas une salade. Ce serait vraiment nul, comme surprise, dit-il en secouant la tête. Viens, je vais te montrer. »

Gavin l'entraîna par la main jusqu'au couloir du fond. Il s'arrêta devant la porte fermée de la chambre du milieu, la seule pièce inoccupée de la maison d'amis. Gavin lança un rapide coup d'œil à Faith.

« Ferme les yeux, » dit-il.

Elle fit une grimace, mais leva les mains et cacha ses yeux. Gavin ouvrit la porte et la guida à l'intérieur, puis la tourna face au bureau.

« Très bien. Ouvre-les, » dit-il.

Faith baissa ses mains, et l'une des deux vint se plaquer sur sa bouche pour étouffer son cri étranglé. Gavin avait installé la vieille machine à écrire Remington de sa mère, ainsi qu'une ramette de papier neuf et impeccable et des rubans de rechanges. Il avait ajouté un dictionnaire, un thésaurus, et un livre de grammaire.

« Il n'y a pas que ça, » dit-il en désignant du doigt la banquette près de la baie vitrée. Il y avait installé deux petits chevalets, plusieurs palettes et une douzaine de pinceaux différents, ainsi que toutes sortes de peintures acryliques et aquarelles. Une pile de toiles vierges était appuyée contre la banquette, attendant que les inspirations de Faith prennent vie.

La touche finale consistait en une poignée de croquis rapides et de notes griffonnées, faites sur des serviettes en papier et dans des carnets, que Gavin avait trouvés dans la maison au cours des quelques derniers jours. Qu'elle en fût consciente ou non, Faith avait besoin d'une échappatoire créative, sous quelque forme que ce fût.

« Gavin... dit Faith d'une voix tremblante. C'est vraiment...

— Ne me dis pas que c'est trop. Tu dis ça tellement souvent ces temps-ci que tu vas finir par l'user, cette expression, » lui dit Gavin.

Faith se détourna de la fenêtre pour lever les yeux vers lui, des larmes lui montant aux yeux, les transformant en puits d'un vert lumineux éclaboussés de cuivre. Gavin admira l'arc fier de son nez, la rondeur pulpeuse de ses lèvres d'un rose tendre, la courbe gracieuse de ses épaules tandis qu'elle levait son regard vers lui.

« Tu me tues, dit-elle, le sourire sur ses lèvres offrant un contraste avec les larmes qui menaçaient de se déverser le long de ses joues.

— C'est l'idée, chantonna Gavin. Je veux que tu aies envie de rester avec moi. »

Un pli barra le front de Faith.

« Mais pourquoi ? Tu as fait tout ça et tu m'as arrachée aux griffes de mon père... Qu'est-ce que je pourrais bien avoir à t'offrir en retour ? demanda-t-elle, dévoilant ouvertement ses craintes.

— Je commence à beaucoup m'attacher à toi, Faith, dit Gavin en choisissant soigneusement ses mots. Je te trouve forte et drôle et magnifique. J'aimerais... J'ai envie d'être avec toi. De te courtiser d'abord, si tu le souhaites. »

Les lèvres de Faith se pincèrent légèrement, indiquant à Gavin qu'il n'avait pas tout à fait donné la bonne réponse.

« Je ne peux pas me contenter de

vivre de ta charité. Je refuse d'être une espèce de femme entretenue. En quoi est-ce que c'est mieux que de vivre avec mon père ? » demanda-t-elle.

Gavin prit une brusque inspiration. Il savait qu'elle n'avait pas eu l'intention de se montrer cruelle, mais ses paroles l'avaient bel et bien blessé.

« Je veux seulement t'aider, Faith. Tu es libre de faire ce que tu veux, évidemment, » dit-il, sentant sa posture se crisper. Faith le regarda pendant un long moment avant de se radoucir et de baisser sa garde.

« Bien sûr, dit-elle en se tournant pour désigner la machine à écrire. Je te suis reconnaissante, Gavin, vraiment. C'est seulement que je ne veux prendre aucune grande décision précipitamment, tu comprends ? On ne se connaît toujours qu'à peine. Comment peux-tu être sûr qu'on ira bien ensemble ? »

Gavin s'approcha d'elle, glissant un bras autour de sa taille pour l'emprisonner et l'attirer tout contre son corps.

Il se pencha et effleura ses lèvres des siennes, savourant la brûlure du désir qui les embrasait. Il fit en sorte que le baiser reste léger, bref et tendre, bien qu'il n'eût d'autre envie que celle de l'approfondir, de la faire soupirer de désir.

Au lieu de quoi il rompit le baiser et recula d'un pas, en lui adressant un sourire réticent.

« Ça te dirait de partir à l'aventure tout à l'heure ? demanda-t-il. Il y a un endroit secret à trois ou quatre kilomètres d'ici que je ne t'ai pas encore montré.

— Tu m'as fait des cachotteries, hein ? demanda Faith d'une voix légèrement haletante.

— J'attendais seulement le bon moment. Il faut que je mette ma correspondance professionnelle à jour cet après-midi, mais on pourrait peut-être y aller après le dîner. Si tu t'en sens le courage, ceci dit. »

Faith le gratifia d'un sourire éclatant.

« Je pense que c'est dans mes cordes, dit-elle.

— Tant mieux. Je vais te laisser là, dans ce cas, » dit-il en la tournant vers la fenêtre et les toiles vierges. Elle poussa un soupir de contentement, et Gavin sut qu'il avait dit ce qu'il fallait cette fois.

9

Après un autre merveilleux repas fait maison, dû aux talents incroyable de Faith en cuisine, Gavin l'emmena dehors et lui dit de prendre sa forme d'ourse. Il tourna à l'angle de la maison, en s'efforçant de ne pas sourire tandis qu'il se déshabillait et se transformait. Sa pudeur était attendrissante, mais il avait l'intention de l'en débarrasser en partie ce soir.

Il la conduisit vers le nord-est, loin de la maison d'amis et de la résidence principale, et à travers une zone légèrement boisée. Il connaissait bien le chemin et avait découvert la destination avec ses frères plus de deux décennies auparavant. Le terrain s'inclinait progressivement vers le haut, devenant de plus en plus rocailleux sous leurs pattes jusqu'à ce que les arbres et frondaisons se mettent à diminuer. La ligne d'arbres s'interrompait brusquement, et le sentier grimpait jusqu'à une pointe rocheuse au milieu d'une petite clairière.

Gavin s'arrêta en haut du sentier et attendit que Faith se hisse péniblement à ses côtés. Lorsqu'elle s'arrêta à côté de lui, ils baissèrent tous deux les yeux vers la clairière. Le rocher s'aplanissait juste au-dessous d'eux, exhibant un bassin d'où s'échappait doucement de la vapeur. Le bassin n'avait pas de source apparente, simplement un rebord arrondi qui invitait à s'y baigner. L'eau n'arrivait qu'au niveau de la poitrine au plus profond du bassin, juste assez pour pouvoir poser ses coudes sur le bord en se baignant, et le secret en avait longtemps été soigneusement préservé par Gavin et ses frères. Ils l'appelaient leur jacuzzi pour plaisanter, étant donné qu'il restait agréablement chaud tout au long de l'année.

Gavin sentit le regard curieux de Faith. Il avait déjà tout prévu dans sa tête, sachant que s'il voulait aller plus loin avec la timide et innocente Faith, il faudrait qu'il lui montre le chemin. Cela demanderait un peu de courage de sa part à lui, et beaucoup de sa part à elle, mais il était certain que le jeu en valait la chandelle.

Il descendit jusqu'à l'endroit où le terrain redevenait plat et se dressa sur ses pattes arrière pour se transformer. Il s'avança lentement vers le bassin, laissant à Faith toute une minute pour comprendre ses intentions... et pour reluquer son corps nu. Gavin n'était pas aussi arrogant que Wyatt, mais il faisait de gros efforts pour se maintenir dans la meilleure condition physique possible, et savait que son cul nu était agréable à regarder. Il espérait seulement que Faith était du même avis.

Il se glissa dans le bassin avec autant de grâce que possible et s'immergea avant de se retourner face à Faith. Elle s'approcha de quelques pas, en l'observant avec détermination.

« Je vais me retourner et te laisser te transformer. C'est bien profond ici, donc tu n'es pas obligé de me montrer quoi que ce soit si tu n'en as pas envie, » l'informa-t-il.

Il observa Faith en retenant son souffle. Au bout de presque une demi-minute, sa tête s'inclina en signe d'acquiescement. Elle s'avança presque avec méfiance, le faisant réprimer un sourire tandis qu'il se détournait et se déplaçait à l'autre bout du bassin. Il lui laissait son espace, la laissait faire les choses lentement.

Au bout d'une minute d'attente insoutenable, il la sentit et l'entendit se glisser dans le bassin avec un soupir.

« Tu peux te retourner, » lui dit-elle.

Lorsqu'il se retourna, il la trouva en train de lui adresser un sourire hésitant.

« Je ne fais que me comporter en gentleman, dit-il avec un large sourire et un mouvement d'épaules.

— Mmmh. J'en jugerai par moi-même, répliqua-t-elle avec aigreur.

— Enfin, je fais ce que je peux pour être un gentleman. C'est vrai que tu me tentes plus que de raison, plaisanta-t-il.

— Moi ? Je ne vois pas trop comment. Je suis toujours couverte de la tête aux pieds ! protesta-t-elle.

— La nudité n'est pas la seule forme de séduction, Faith. »

Avec réticence, elle ferma les yeux et s'immergea dans l'eau. Gavin la regarda se redresser, l'eau chaude plaquant ses cheveux blonds en arrière, de la vapeur s'élevant de la peau nue de ses bras et de ses épaules.

« Je suis surprise que ce soit si chaud, dit-elle en rougissant joliment.

— C'est un joyau secret. Je crois que même mes parents ne sont pas au courant, » dit Gavin.

Faith se mordit la lèvre, avec l'air d'être clouée sur place.

« Faith, » dit-il. Elle leva les yeux vers lui, clairement mal à l'aise. « Tu peux te détendre. Il ne se passera rien dont tu n'as pas envie.

— C'est juste que... Je sais que je ne l'ai pas dit, mais je garde ma virginité pour mon partenaire de toujours, dit-elle à brûle-pourpoint, le visage en feu. Ce serait si facile de... tu sais, de s'emballer. »

Elle ne parvint même pas à le regarder dans les yeux en prononçant ces paroles.

Gavin hocha la tête, refusant de laisser son amusement transparaître.

« Et si je te promets qu'il est hors de question qu'on fasse ça ce soir ? » demanda-t-il.

Faith lui lança un coup d'œil soupçonneux.

« C'est vrai ? » demanda-t-elle en penchant la tête de côté. Gavin ne put s'empêcher de rire et secoua la tête.

« Ton nom a beau signifier "foi", tu n'en as vraiment pas beaucoup en moi. Je suis en train de te dire que quand tu partiras d'ici, ta vertu sera toujours intacte. Je ne voudrais jamais rien que tu ne m'aies pas donné de ton plein gré. »

Elle parut un peu gênée.

« Je ne voulais pas t'insulter. Seulement... je sais que tu as... des désirs, dit-elle.

— Les mêmes que toi, oui. J'ai envie de t'embrasser, et de te toucher. J'en ai très, très envie. » Gavin savoura le petit frisson qui la parcourut à ses paroles. « Mais on peu passer du bon temps ensemble sans rien faire de trop extrême. »

Elle leva brusquement les yeux vers les siens, le regard brillant de curiosité.

« Ah bon ? »

Gavin hocha la tête et posa ses coudes sur le bord du bassin.

« Il y a des tas de choses qu'on peut faire, Faith. En fait, je me dis que tu devrais peut-être mener la danse. Si tu viens ici et que tu m'embrasses, je te promets de ne même pas bouger à moins que tu ne me laisses faire. »

Faith ouvrit de grands yeux, en triturant sa lèvre inférieure de ses dents.

« Tu le promets ? Tu vas juste rester là sans bouger ?

— Viens le découvrir, » la défia-t-il.

Faith le regarda d'un air pensif tandis qu'elle s'avançait vers lui d'un pas hésitant et ne s'arrêta qu'à quelques centimètres de lui. Elle hésita alors, l'air un peu troublé.

« Je ne sais pas quoi faire, reconnut-elle.

— Tu devrais peut-être m'embrasser. Ça avait l'air de te plaire avant, » suggéra-t-il.

Faith s'approcha prudemment, son bras effleurant celui de Gavin. Gavin ne bougea pas un muscle, les pieds fermement campés au fond du bassin, les bras sur le rebord de pierre. Elle tendit la main et la posa sur son torse, en se glissant de plus en plus près. Son contact le brûla, embrasa son désir pour lui, mais il refusait de céder. Il fallait que quelqu'un montre à Faith qu'elle pouvait faire confiance aux autres pour tenir leur parole, et Gavin avait bien l'intention d'être cette personne-là pour elle.

Elle leva les yeux vers lui, évaluant sa détermination. Gavin ferma les yeux et attendit. Lorsqu'il sentit la douceur de son souffle sur ses lèvres, il faillit pousser un gémissement. Cette expérience était tout autant une séance de torture pour lui qu'un exercice de confiance pour elle.

Enfin, les lèvres de Faith trouvèrent les siennes en un léger effleurement. Elle soupira contre sa bouche tandis qu'elle pressait ses lèvres contre les siennes, et il se contint suffisamment pour se contenter d'accepter son contact. Faith se pencha en avant, glissant son bras autour de son cou tandis que sa bouche s'ouvrait, et que la douce pointe de sa langue cherchait la sienne.

Gavin la goûta, la titilla, remuant langoureusement ses lèvres contre les siennes, conservant lenteur et légèreté. Elle glissa ses doigts dans les cheveux sur sa nuque et s'inclina vers lui jusqu'à ce que ses seins effleurent son torse, ferme et glissant sous l'eau. Ses doigts se contractaient sur place sous l'effet d'un besoin convulsif de la toucher, mourant d'envie de connaître la texture exacte de sa peau.

Faith plongea sa main libre sous l'eau et passa ses doigts le long de son bras, de bas en haut, traçant les contours des muscles de son épaule, de son dos. Lorsque ses caresses descendirent lentement pour explorer son muscle pectoral, il tressaillit sous le bout de ses doigts, la faisant sursauter.

Elle recula et le regarda, comprenant en un instant son inconfort.

« Touche-moi, Gavin, » dit-elle d'une voix rauque dans l'air nocturne chargé de vapeur.

Il continua néanmoins de se maîtriser fermement, ses mains légèrement tremblantes tandis qu'il les tendait vers elle. Il posa ses mains sur sa taille, ses doigts pétrissant sa peau soyeuse et glissante d'eau. Faith se pencha en avant et renouvela leur baiser, le laissant s'approfondir. Leur souffle se fit plus laborieux tandis que leurs langues dansaient.

Gavin traça les contours des douces courbes de ses hanches, de ses côtes, du creux de ses reins. Faith l'encouragea, ses genoux et ses cuisses touchant les siens. Elle s'avança légèrement, pour s'arrêter avec un petit cri aigu lorsque la longueur rigide de la queue de Gavin aiguillonna son ventre.

« Oh ! Tu... » Elle se mordit la lèvre, et parut sur le point de s'écarter.

« Si je bande pour toi ? Oui, lui dit-il. Mais on suit toujours les mêmes règles. Tu peux me toucher, si tu veux. Je ne bougerai pas. »

Faith pencha la tête, pensive. Sans cesser de se mordiller la lèvre inférieure, ce que Gavin avait désespérément envie de faire pour elle, elle glissa sa main le long de son flanc, touchant le muscle ferme de sa hanche. Ses doigts trouvèrent la paroi plate de son abdomen, le haut de sa cuisse.

Lorsqu'elle toucha enfin sa virilité, Gavin laissa échapper une bouffée d'air. Faith l'observa attentivement, le bout de ses doigts le caressant de haut en bas sur toute sa longueur. Sa main se referma autour de lui, explorant en une douce caresse, et il renversa la tête en arrière en fermant les yeux.

« C'est bon ? demanda Faith en poursuivant sa douce torture.

— Trop bon, » souffla Gavin. Ses poings se serrèrent, ses ongles s'enfonçant dans sa peau tandis qu'il luttait pour s'empêcher de donner des coups de reins contre sa main.

« Encore ?

— Bon sang, oui. Vas-y plus fort. Tu ne vas pas me faire mal, » soupira-t-il.

Elle resserra son étreinte, le glissement chaud et velouté de sa main menaçant déjà de le lui faire perdre le contrôle.

« Tu veux bien me montrer ? » demanda-t-elle. Gavin leva la tête pour la regarder, sa sexualité innée se disputant avec sa totale innocence, et pendant un instant il fut douloureusement tentée de lui montrer exactement ce qu'il aimait. De lui apprendre comment l'empoigner, pomper sa queue exactement comme il l'aimait, se servir de son pouce pour titiller le point sensible juste sous le gland. L'entraîner hors de l'eau et lui montrer comment le goûter, aussi…

« Plus tard, » gronda-t-il, les dents serrées, en tendant la main vers la sienne avant de perdre le contrôle dans ce tourbillon. « J'aimerais mieux te montrer comment je peux te toucher, te donner du plaisir. »

Le désir s'embrasa dans les yeux de Faith, et Gavin tendit la main vers elle.

« Viens ici, lui dit-il. Laisse-moi te tenir dans mes bras. »

Il l'attira à lui, et se tourna de manière à ce que son dos reposât contre le rebord du bassin. Il l'embrassa profondément en faisant glisser ses mains de sa taille à ses côtes, attendant que son souffle ralentisse à nouveau pour faire remonter ses mains et les poser sur la rondeur de ses seins.

Faith réagit aussitôt, en poussant un doux gémissement tandis qu'elle se tendait vers ses caresses.

« J'aime bien ce bruit que tu fais, Faith, l'encouragea-t-il. C'est trop sexy. Gémis pour moi, Faith. »

Il effleura ses mamelons de ses pouces, en se rapprochant jusqu'à ce que son érection soit plaquée contre son ventre. Elle poussa un autre petit gémissement, et ses yeux se fermèrent lentement, tandis qu'elle passait brièvement sa langue sur ses lèvres humides. Il effleura de ses lèvres son cou, sa clavicule, la mettant en condition pour la suite.

Gavin s'empara de sa bouche et lui mordilla la lèvre inférieure, en savourant le glapissement de plaisir qui lui échappa. Il la souleva par la taille et l'installa sur le rebord du bassin. Sans lui laisser le temps de se tortiller où de décrier sa nudité, Gavin souleva l'un de ses seins tendres, et déposa des baisers brûlants juste au bord du cercle rosé de son mamelon.

« Oh ! » s'écria-t-elle en lui griffant les épaules de ses ongles.

Son petit rire très viril fut presque plus qu'elle n'en pouvait supporter.

Gavin saisit la pointe rose et généreuse dans sa bouche et la suça fermement. Les genoux de Faith s'écartèrent tandis qu'elle l'attirait à lui pour qu'il prenne place entre ses cuisses. Gavin se frottait contre elle tout en lui donnant du plaisir, suçant, mordant et pinçant jusqu'à ce qu'elle ondule contre sa queue.

Il glissa une main sur le haut de sa cuisse, son pouce s'attardant le long de la tendre face intérieure. Il porta ses attentions sur son autre sein, en se servant du bout de son doigt pour titiller son nombril, son ventre, le haut de son pubis.

Lorsqu'il effleura de ses doigts ses boucles humides, Faith poussa un cri. De surprise ou de désir, il l'ignorait. Gavin n'hésita pas, et abandonna son sein pour lui donner un baiser violent, exigeant. Il pénétra ses boucles du bout d'un seul doigt, longeant la chaleur de sa fente, manquant de soupirer devant l'évidence de son excitation.

« Gavin, dit-elle en se crispant.

— Détends-toi pour moi. Je vais seulement te toucher, promit-il. Rien de plus. »

Il fit glisser le bout de ses doigts jusqu'à son clito et sourit lorsqu'elle eut le souffle coupé. Il se servit de son pouce à la place, le faisant tournoyer autour de son clito en cercle paresseux.

« Là, comme ça, c'est tout, dit-il.

— Tu veux bien m'embrasser, » demanda Faith, qui haleta plus qu'elle ne parla.

Il ravagea sa bouche, sa langue dansant avec la sienne tandis qu'il augmentait la pression et le tempo de ses caresses. Faith faisait onduler son bassin vers lui avec de lents mouvements. Il prit son sein dans sa main libre, faisant rouler son mamelon entre le bout de ses doigts.

« Gavin ! Oh ! murmura Faith, emportée par le plaisir.

— Est-ce que tu en veux plus ? demanda-t-il en pressant son pouce contre son clitoris.

— Non ! Oh ! Je veux — » La voix de Faith s'éleva, ses halètement de plus en plus sonores contre le silence de la nuit. « Gavin, je — »

Son bassin tressaillit une fois, deux fois, et Faith frémit à son contact. Elle enfouit son visage contre son cou, criant sa délivrance, ses ongles éraflant ses épaules tandis qu'elle chevauchait les vagues de son orgasme.

Elle se détendit au bout d'un moment, le souffle rauque et laborieux. Gavin dégagea doucement sa main d'elle, l'attirant à lui pour pouvoir la prendre complètement dans ses bras. La sentir dans ses bras, douce, docile et repue, était si agréable. Gavin maudit son érection sournoise et exigeante, pressée entre eux et se faisant considérablement remarquer.

« Oh, bon sang, dit Faith au bout d'une minute entière, ses lèvres remuant contre son cou. Je — je ne savais pas que ça arrivait. »

Gavin rit franchement, évacuant de son corps une partie de son désir et de sa tension.

« Ça arrive. Souvent, si tu as de la chance, » taquina-t-il.

Faith leva la tête pour le regarder.

« Est-ce que ça se passe comme ça pour toi ? » demanda-t-elle, l'air inquiet.

Gavin haussa les épaules, en s'efforçant de paraître décontracté.

« Ça peut, » fut tout ce qu'il voulut bien admettre.

Faith se mordit les lèvres, et ses joues s'embrasèrent avant qu'elle ne reprenne la parole.

« Est-ce que tu — tu pourrais — »
Elle s'interrompit, l'air troublé.

Gavin se pencha en avant et l'embrassa, pour lui rappeler leur toute nouvelle intimité.

« Demande-le moi, Faith.

— Est-ce que tu pourrais me montrer comment tu, euh... fut tout ce qu'elle parvint à dire.

— Je me touche ? tenta-t-il.

— Oui, » murmura-t-elle avec de grands yeux. Elle se lécha les lèvres et remua sur son siège. Devant ce petit mouvement, Gavin se demanda si l'idée de lui caressant sa queue excitait Faith. Ses mamelons durcis et son regard fuyant lui indiquèrent que l'idée méritait d'être envisagée.

« Est-ce que tu veux retourner dans l'eau ? » demanda-t-il en remarquant la chair de poule qui se répandait sur sa peau. Elle hocha la tête et se laissa glisser du rebord.

Gavin se retourna et se hissa sur le rebord, reprenant la même place qu'il avait abandonnée. Son érection se dressait fièrement, et Faith prit très exactement la couleur d'une tomate mûre lorsque son regard se posa dessus.

Gavin baissa la main et en entoura la base de sa queue, en serrant fort tandis qu'il s'administrait une caresse expérimentale. Il écarta un peu les cuisses et se pencha légèrement en arrière, livrant à Faith le spectacle total.

Il fit aller et venir son poing une ou deux fois, et poussa un grognement d'anticipation accumulée.

« Bon sang, qu'est-ce que c'est bon, dit-il à Faith en la regardant le regarder. Je ne vais pas tenir longtemps. Tu m'as trop chauffé, Faith.

— M-moi ? geignit-elle, les yeux rivés sur son poing qui glissait lentement le long de sa queue palpitante.

— Oh que oui. Pendant que je te touchais, je n'ai pas arrêté de penser à ce que j'avais envie de te faire.

— Oh, souffla Faith. Comme... comme quoi ? »

Gavin haussa un sourcil, surpris. Alors comme ça, Faith avait envie d'entendre quelques cochonneries ? Quelle surprise elle s'avérait être.

« J'avais envie de te goûter là où je t'ai touchée, lui dit-il. De me servir de ma langue pour te faire jouir. J'avais envie de me servir de mes doigts, aussi.

— Mmmm, » marmonna Faith en fronçant les sourcils. Ce n'était probablement pas la réponse qu'elle recherchait, mais Gavin lui avait promis qu'il n'envisagerait pas de la prendre ce soir. Du coup, il n'allait même pas aborder le sujet.

Il fit tournoyer la pulpe de son pouce au tour de l'épais sommet de sa queue et prit une profonde inspiration. Toute pensée s'évanouit tandis qu'il regardait Faith et caressait sa queue, en pensant à combien il avait envie de la prendre, de sentir l'étroitesse de ses parois autour de sa verge tandis qu'elle jouissait en tremblant, en palpitant et en poussant de hauts cris. Ses bourses remontèrent, ses cuisses et ses abdos se contractèrent tandis que son corps implorait d'être soulagé. La lave du désir brûlait lentement dans ses veines, insistante et inexorable.

« Ah, gronda-t-il. Je vais jouir. Je ne peux plus me retenir.

— Oh, » dit Faith, gémissant pratiquement.

Un barrage céda, les flammes l'inondèrent et se répandirent en partant de sa queue. Gavin faisait brutalement aller et venir son poing, sentant sa queue tressaillir et palpiter tandis que d'épais jets de sperme jaillissaient du sommet.

« Ah ! » s'écria-t-il en grimaçant sous la puissance de son orgasme. Il dura une éternité, ou le temps d'un battement de cils, il n'en savait trop rien.

Lorsqu'il lâcha sa queue et ouvrit les yeux, il fut surpris de trouver Faith à seulement quelques centimètres de lui. Elle leva son visage, recherchant son baiser. S'il avait cru qu'elle avait été rebutée par sa démonstration, il se trompait. Elle l'embrassa passionnément, en enfouissant ses doigts dans ses cheveux, son corps plaqué contre le sien.

Il se délecta d'elle pendant de longs instants, en souhaitant pouvoir en avoir plus. Plus que ça, davantage d'elle. Plus il en voyait, plus le feu de son désir gagnait en puissance et en éclat. Mais une promesse était une promesse, et s'il voulait que Faith lui donne plus, il allait devoir lui donner davantage, lui aussi.

Une promesse d'une autre sorte, qui parlait d'éternité, d'un lien entre deux âmes.

Gavin lâcha Faith à regret, descendit du rebord et se replongea dans l'eau. Même s'il avait voulu dire ces mots à Faith, il n'auraient pas signifié grand-chose ce soir. Il était facile de parler d'éternité après une petite dose de passion, et Faith était sûrement assez intelligente pour le savoir.

De plus, Gavin n'était pas sûr d'être prêt pour ce type de promesse. Pour l'instant, il pourrait se contenter de ça... espérait-il.

« Réchauffons-nous un instant, d'accord ? » demanda-t-il en prenant Faith par la taille. Elle ouvrit de grands yeux en comprenant ses intentions, et un petit cri perçant s'échappa de ses lèvres avant que Gavin ne la renverse, l'entraînant avec lui sous l'eau chaude.

Le son de leurs rires et de leurs éclaboussures résonna tard dans la nuit, mais ils n'échangèrent plus une seule parole solennelle.

10

Tôt dans la matinée, Faith entendit un léger bip électronique. Une fois, deux fois. La troisième fois, elle comprit ce dont il s'agissait et bondit hors du lit à la recherche de l'iPhone flambant neuf que Genny avait eu la bonté d'apporter quelques jours plus tôt.

Elle s'en empara et regarda longuement le numéro de téléphone sur l'écran. Un indicatif de l'Illinois, bien qu'elle ne reconnût pas le reste du numéro. Elle appuya sur le bouton vert pour accepter l'appel, puis porta le téléphone à son oreille avec une grimace. S'attendant à entendre son frère, s'aperçut-elle.

« Allô ? demanda-t-elle d'une voix tremblante.

— Faith ? murmura une voix de femme.

— Shannon ? » demanda Faith, envahie par le soulagement. Shannon avait deux ans de moins que Faith et était plutôt solitaire. Elle et Faith auraient pu passer pour des jumelles, si les cheveux de Shan avaient été un peu plus blonds.

« Salut. Je ne peux pas parler trop longtemps. Je suis allée à pied jusqu'à la station service et j'ai emprunté le téléphone du pompiste, dit Shannon.

— Tu as fait six kilomètres et demi à pied ? demanda Faith, surprise.

— Mademoiselle Ruth m'a fait passer ta lettre, dit Shannon. Je surveille le courrier, maintenant que tu es... absente.

— Dieux merci, c'est toi qui as eu la lettre, dit Faith. C'était un pari risqué de ma part.

— Sans blague, » marmonna Shannon. Elle s'interrompit, et inspira profondément. « Faith, tu as de gros ennuis. T'es où ?

— Je — Ne te vexe pas, Shan, mais ça, je ne peux pas te le dire.

— Comme si je ne pouvais pas le deviner. Tu t'es tirée avec les Beran. Tu es toujours avec eux, pas vrai ? »

Faith marqua une pause, puis se dit que ça ne valait pas le coup de mentir à sa seule alliée.

« Ouais.

— Ils te traitent comme il faut ? demanda Shannon.

— Bien sûr. Ils sont... C'est vraiment chouette ici, Shan.

— J'imagine. » Faith ne put s'empêcher de noter l'amertume dans le ton de la voix de sa sœur.

« Tu pourrais monter ici, toi aussi, » dit Faith. Elle n'avait même pas réfléchi à ses paroles avant qu'elles ne fussent sorties de sa bouche, bien que ce ne fût pas à elle de faire une telle proposition. Mais si Shannon s'enfuyait bel et bien, Faith leur trouverait à toutes deux un endroit où aller.

« Ouais, c'est ça. Je vais déjà être punie pour être partie. Combien de temps à genoux, à ton avis ? » demanda Shannon, faisant référence à la méthode de châtiment préférée de leur frère pour ceux qui enfreignaient les règles. Le transgresseur s'agenouillait sur le plancher, chaque genou nu sur un tas de riz cru. Pendant la première heure, on sentait à peine les grains durs s'enfoncer dans la peau. Passée la troisième heure, c'était douloureux au-delà de toute mesure.

« Oh, Shan...

— Est-ce que tu vas prendre ce type comme partenaire ? » la coupa Shannon. C'était sa façon de faire, interrompre les gens quand elle n'avait pas envie de parler de quelque chose. Une habitude que même Jared n'avait pas réussi à briser.

« Je — J'en sais rien, Shan, » soupira Faith.

Shannon demeura un long moment silencieuse avant de reprendre la parole.

« J'espère que tu trouveras un partenaire, Faith. J'aimerais pouvoir être là pour voir ta cérémonie.

— On pourrait prendre des dispositions, j'en suis sûre, » dit Faith pour essayer d'encourager Shannon. Shannon se contenta de rire, d'un rire grave et dur.

« Ouais, c'est ça. Tu ne peux pas plus rentrer à la maison que je ne peux m'envoler vers la lune, dit Shan. Si Jared ou Papa s'aperçoivent que j'ai fait ça, je ne sortirai plus jamais de la maison.

— On pourrait toujours s'enfuir ensemble. On pourrait peut-être retrouver Tante Ada.

— Tu dois être encore plus dingue que ce que je pensais. Si la Tante Ada avait un peu de cervelle, elle a dû filer de l'autre côté du globe quand elle a été bannie du clan. Je me suis toujours dit que Papa l'avait probablement traquée en secret et l'avait tuée.

— Je ne crois pas. Mme Beran m'aide à la localiser. J'ai déjà une ou deux pistes. »

Shannon resta à nouveau silencieuse, puis elle poussa un soupir.

« Jared va me faire prendre le vieil Anders comme partenaire.

— Oh, Shan...

— Au moins, il n'est pas aussi méchant que Jared. J'ai plutôt hâte que ça se fasse. Je partirai de la maison. »

Faith retint sa langue, tandis que des larmes se formaient dans ses yeux.

« Si c'est ce que tu veux, dit Faith.

— J'appartiendrai toujours à un homme, dit pensivement Shan. J'sais pas trop si c'est important de savoir lequel.

— Ce n'est pas vrai ! dit Faith.

— Bah, peut-être pour toi. Tu crois que prendre ce mec comme partenaire, c'est différent ? Tu crois que tu lui appartiendras pas une fois que t'auras prononcé les mots ?

— Je — J'en sais... J'en sais rien, Shan.

— Écoute, il faut que j'y aille. Je sais pas si je pourrai te rappeler, Faith.

— Je ne veux pas que tu aies des ennuis, murmura Faith en s'efforçant d'empêcher sa voix de trembler.

— Ne rentre pas à la maison, Faith. Promets-le moi, demanda Shan.

— Je te le promets. » Faith déglutit, tandis qu'une seule larme roulait le long de sa joue.

« Bon, très bien. Fais attention à toi. »

La communication fut coupée. Faith regarda longuement le téléphone, et un sanglot déchirant s'échappa de sa gorge. Ses larmes coulaient désormais abondamment, et elle posa le téléphone d'une main tremblante. Il s'agissait probablement des dernières paroles qu'elle adresserait jamais à un membre de sa famille.

Elle sursauta lorsque le téléphone bipa à nouveau. Peut-être était-ce Shannon qui la rappelait. Peut-être qu'elle avait changé d'avis !

« Allô ? » demanda Faith. Elle n'obtint pas de réponse tout de suite. « Allô ? Shan, c'est toi ?

— Je te tiens, » siffla-t-on en réponse. La communication fut à nouveau coupée, mais elle aurait reconnu son interlocuteur entre mille. C'était Jared, ça ne faisait aucun doute.

Faith se leva en chancelant et parvint tout juste à atteindre la poubelle à côté de son lit avant d'y déverser le contenu de son estomac. Elle vomit encore et encore, la peur emplissant ses veines de glace. Lorsqu'elle eut terminé, elle se redressa en position assise et s'essuya la bouche d'une main tremblante.

Elle était fichue.

11

Faith traînait encore les pieds deux jours plus tard tandis qu'elle s'habillait pour le dîner. Genny avait insisté pour qu'ils viennent dîner dans la maison principale ce soir-là. Bien que Faith eût couru droit vers Gavin après la menace de son frère, sanglotant dans ses bras tandis qu'elle lui confiait sa peur, elle n'avait pas laisser Gavin annuler leurs projets.. Elle refusait de se montrer impolie envers Genny Beran, qui s'était comporté avec Faith au-delà de toutes ses espérances.

Faith s'éclaircit la gorge et se regarda

longuement dans le miroir. Dans un petit acte de défi envers son frère, elle avait choisi une robe de douce soie rouge, sans manches, qui lui arrivait au-dessus des genoux. Elle avait mis une paire de boucles d'oreilles à pinces en perles, un cadeau étonnamment attentionné de la part de Gavin. Des ballerines de cuir blanc et une natte complexe à la française complétaient sa tenue.

Elle se regarda longuement dans le miroir en pied de la salle de bain, en se tournant d'un côté puis de l'autre. Elle examina les courbes arrondies de sa silhouette généreuse, sans aimer ce qu'elle voyait. Au moins, là-bas, à Centralia, elle n'avait pas de miroirs où se regarder. Ce n'était même pas tant sa silhouette qui la dérangeait que le sentiment d'être coupable. Coupable du sort de Shannon. Coupable de ce qu'elle avait fait aux sources chaudes, de la manière dont elle s'était comportée avec Gavin, un homme qui n'était pas son partenaire. Coupable d'avoir quitté sa famille. Coupable d'avoir emmené tous ces ennuis jusque sur le pas de la porte des Beran.

Gavin tapota le montant de la porte de sa chambre, la faisant sursauter. Faith fit volte-face, en rougissant de s'être fait surprendre. Gavin la regarda longuement, ses traits exprimant une inquiétude évidente.

« Tu es sûre de vouloir aller à la maison principale ce soir ? Ce ne serait pas grave si on repoussait simplement ça d'un jour, lui dit-il.

— J'en suis sûre. J'ai besoin de me distraire, » dit-elle en essayant de lui adresser un sourire. Elle échoua pour l'essentiel, mais son sourire devint plus authentique lorsque Gavin tendit la main et prit la sienne. L'attirant à lui, il lui donna un long et profond baiser.

« Ce n'est pas bien, ce que tu fais, le réprimanda-t-elle en reculant d'un pas lorsque le baiser prit fin.

— C'est souvent le cas, » reconnut-il.

Il lui offrit son bras et la conduisit jusqu'à la voiture.

En quelques minutes, ils se tenaient sur le perron du Chalet. Genny ouvrit la porte d'entrée à la volée, poussa une exclamation ravie et se précipita pour les serrer tous les deux dans ses bras.

« Faith, je sais que tu n'as pas encore rencontré mon fils, Noah, dit Genny en présentant à Faith une version plus âgée de Gavin, d'une beauté saisissante.

— Enchantée, dit Faith en serrant la main qu'il lui tendait.

— Voici ma partenaire, Charlotte, » lui dit Noah, faisant les présentations. Charlotte était splendide, une grande blonde aux courbes généreuses vêtue d'une robe grise moulante et chaussée de talons assortis.

« C'est un plaisir, » lui dit Charlotte. À la grande surprise de Faith, Noah présenta ensuite Gavin et Charlotte.

« Il y a beaucoup de sang neuf dans la famille en ce moment, dit Genny à Faith avec un sourire radieux. C'est à se demander lequel de mes fils sera le suivant, pas vrai ? »

La teinte rouge vif que prirent les joues de Faith parut constituer une réponse suffisante, car Genny pivota et conduisit tout le monde à la table dressée. Ils s'installèrent, Josiah présidant l'assemblée au bout de la table, Genny servant du vin à tout le monde.

La conversation était légère, Gavin et Noah se taquinant sans cesse. La nonchalance et l'aisance avec lesquelles ils plaisantaient rendirent Faith un peu nostalgique, en pensant à la conversation qu'elle avait eue avec Shannon quelques jours plus tôt. Gavin n'avait aucune idée de la chance qu'il avait d'avoir une famille aussi formidable.

Il avait dû deviner ses pensées, ou du moins son changement d'humeur, car il tendit la main sans rien dire et saisit la sienne pour la tenir sur ses genoux. Il ne dit rien, maintenant ses soucis personnels à l'écart de la table du dîner, mais son contact était apaisant.

« Les gens en font trop pour les cérémonies d'appariement, de nos jours, disait Josiah lorsque Faith reporta son attention sur la conversation.

— Oh, bouh, dit Genny en balayant sa remarque d'un geste de la main. Tu es radin, c'est tout. »

Josiah fronça les sourcils et croisa les bras, mais Noah et Gavin se contentèrent de rire. Faith croisa le regard de Charlotte et sourit lorsque l'autre femme haussa un sourcil.

« Parlons d'autre chose, dit Noah en secouant la tête. Est-ce qu'on vous a dit qu'on allait à Paris pour notre lune de miel ?

— Une lune de miel, grommela Josiah.

— Oh, Paris ! s'exclama Genny, l'air ravi. Comme c'est romantique.

— Une fois que Max aura fini ses dernières séances de chimio, on ira tous ensemble, annonça Charlotte à tout le monde.

— Max ? » demanda Faith.

Le sourire de Charlotte s'élargit, et son regard devint plus chaleureux en abordant ce sujet.

« Je suis infirmière en pédiatrie, et Max est un de mes patients. Un futur ex-patient, on l'espère. Il n'a pas de famille, alors Noah et moi allons l'adopter. »

Le regard qui passa entre Noah et Charlotte fut si tendre que Faith en eut des papillons dans le ventre. Ce regard, ces sentiments... c'était *ça* que Faith voulait pour elle-même.

« Il est encore à l'hôpital, ajouta Noah. La cousine de Charlotte reste avec lui en ce moment-même, tant qu'on est là. Il a un sacré béguin pour elle, le pauvre bonhomme.

— Dommage qu'elle soit de l'autre bord, dit Charlotte d'un air amusé.

— J'imagine qu'il s'en rendra compte par lui-même. Du moins, je l'espère, soupira Noah.

— Eh bien, j'ai hâte de le rencontrer. Si vous décidez de ne pas l'emmener à Paris, il devrait venir séjourner chez ses grands-parents. On adorerait avoir Max ici. Pas vrai, Josiah ? demanda Genny en donnant un coup de coude à son mari.

— Euuuh. Ouais, » répondit Josiah en fronçant les sourcils. Faith ne put s'empêcher de glousser devant la manière dont la partenaire de l'Alpha le manœuvrait. Il était peut-être dominant dehors, avec le reste du monde, mais il était évident qu'à la maison, c'était elle qui portait la culotte. Il était également évident qu'il l'aimait trop pour s'opposer de quelque manière que ce fût à ce qu'elle décrétait.

« C'est gentil à vous de le proposer, dit Charlotte.

— C'est ça, la famille, » dit Genny comme si cela réglait la question. Ce qui, pour elle, était le cas.

« Bah, moi, je serai juste content d'avoir Max à la maison pour qu'il se repose. On attend pour la cérémonie d'appariement, qu'il aille mieux, dit Noah, clôturant le sujet. Mais assez parlé de nous. Faith, parle-nous un peu de toi. »

Faith sentit ses joues s'échauffer et elle déglutit.

« Euh... je suis institutrice en école maternelle, parvint-elle à dire.

— Oh, c'est chouette ! Tu dois adorer les gosses, dit Charlotte.

— C'est vrai. »

Le silence régna pendant un moment avant que Gavin n'intervienne.

« Faith est très douée pour raconter des histoires, et c'est une artiste, dit-il. Elle a un petit atelier dans la maison d'amis à présent, pour pouvoir commencer à travailler sur un livre pour enfants.

— Oh, c'est pour ça que tu avais besoin de la machine à écrire ? interrogea Genny. Quel formidable usage.

— Je... oui, » dit Faith avant d'avaler une gorgée de vin. Elle prenait beaucoup plus de plaisir à écouter tout le monde parler qu'à répondre à leurs questions. Il y en avait trop auxquelles elle était loin de pouvoir répondre pour l'instant. Allait-elle écrire un livre ? Allait-elle trouver un emploi ? Allait-elle rester dans le Montana ? Allait-elle, avec Gavin...

« Eh bien, j'adorerais faire tout ce qui est en mon pouvoir pour t'aider, dit Genny. Josiah aussi, encore que Dieu sait pourquoi tu aurais besoin de lui. »

Tout le monde gloussa, bien que Josiah se contentât de hausser un sourcil.

« Je peux me rendre utile, déclara l'Alpha.

— Bien sûr, mon chéri, dit Genny en lui tapotant la main. Alors, est-ce que quelqu'un veut du dessert ? »

Tout le monde grogna, le ventre trop plein pour seulement l'envisager. Bientôt, la table fut débarrassée, le vin fini, et tout le monde se prépara désormais à prendre ses quartiers pour la nuit. Genny accompagna Gavin et Faith à la porte.

« Tu devrais passer un peu de temps avec ton frère tant qu'il est ici, dit Genny à Gavin sur le ton de la réprimande. Je sais que Faith et toi êtes... occupés, mais

Noah risque de ne pas revenir avant un moment. Charlotte et lui ont beaucoup à faire.

— D'accord, M'man.

— Peut-être que Faith et Charlotte pourraient aller passer une journée au spa à Billings pendant que vous, les garçons... eh bien, vous feriez ce que vous avez l'habitude de faire, suggéra Genny.

— Bien M'man, » dit Gavin. Il se pencha en avant et serra sa mère dans ses bras, déposant un baiser sur sa tête. Genny lui sourit tendrement, puis se retourna et serra Faith dans ses bras.

« On reste en contact. Et si tu as besoin de quoi que ce soit, dis-le moi. Je peux commander pratiquement n'importe quoi sur Amazon, ou aller en ville si tu en as besoin. Ou tu pourrais y aller, toi ! Je suis sûre que Gavin accepterait de se séparer de sa carte de crédit pour une journée. »

Faith lui adressa un sourire reconnaissant.

« Vous en avez déjà fait tellement, dit Faith.

— N'importe quoi, » dit Genny. Le ton qu'elle employa était celui qu'elle avait employé plus tôt lorsqu'ils avaient parlé de Max. *C'est ça, la famille,* avait-elle dit.

Faith réprima un soupir et serra Genny dans ses bras une dernière fois, puis monta dans la voiture avec Gavin. Le trajet de retour fut silencieux, chacun ruminant ses propres pensées.

De retour à la maison d'amis, ils se séparèrent et chacun regagna son propre lit, laissant l'atmosphère chargée de non-dits pesants.

12

Ce ne fut que le matin suivant que ces paroles furent libérées. Faith prépara le petit-déjeuner, comme elle le faisait toujours, bien que son estomac lui semblât aussi plombé que les pensées qui pesaient sur son cœur. Ils mangèrent ensemble dans la cuisine, debout, le silence croissant entre eux jusqu'à devenir presque insupportable. Faith termina aussi vite que possible et fit la vaisselle avec l'intention de s'échapper dans son nouveau bureau et de plancher sur son histoire.

Gavin, maussade, la regardait s'activer. Lorsqu'elle lui adressa un sourire et marmonna une excuse selon laquelle elle souhaitait se mettre au travail, il secoua la tête.

« Viens t'asseoir une minute avec moi, » dit-il en la prenant par la main pour la conduire jusqu'au canapé. Faith s'assit à côté de lui, les yeux rivés sur son visage, et s'efforça de deviner ce qu'il pourrait bien dire. Allait-il lui demander de prendre une décision sur-le-champ concernant son avenir ? Ou pire, allait-il carrément lui demander de faire ses bagages et de partir ? Elle ne se pensait pas capable d'encaisser ça, surtout après s'être autant rapprochée de lui au cours des quelques derniers jours. Ils étaient à un point de bascule, mais l'incertitude donnait à Faith l'impression de perdre de plus en plus le contrôle.

« Il faut que je te demande quelque chose, » finit par dire Gavin, tirant Faith de ses pensées. Elle s'était appuyée contre lui sans réfléchir, son corps recherchant son réconfort tranquille. Elle se redressa légèrement, déplorant déjà la perte de sa merveilleuse chaleur tandis qu'elle le regardait.

« Tout ce que tu voudras, dit-elle.

— Il faut que je sache... est-ce qu'il y a quelque chose qui nous empêche d'être ensemble, à part le temps dont on a besoin pour construire notre relation ? » demanda-t-il.

Faith pencha la tête, perplexe.

« Qu'est-ce que tu veux dire ?

— Je veux dire, est-ce qu'il y a quelque chose ou quelqu'un qui pourrait t'empêcher de... d'avoir envie d'aller plus loin ? Avec moi, » dit-il en remuant sur son siège. Ses paroles étaient brusques, mais il avait toujours l'air nettement mal à l'aise.

« Oh, Gavin. Je n'en sais rien, dit Faith en exhalant le souffle qu'elle retenait. Je me demande seulement... Je veux dire, il n'y a rien qui te retienne, toi ? »

Il fronça les sourcils. Les lèvres de Faith frémirent tandis qu'elle se disait que son père et son frère avaient exactement la même expression lorsqu'ils étaient perplexes.

« Qu'est-ce qui pourrait bien me retenir ? demanda-t-il.

— Je ne suis personne. Je ne suis jamais allée nulle part, je n'ai jamais rien vu. Tout ce que je connais, je l'ai lu dans des livres et je ne suis même pas si cultivée que ça. Je n'ai jamais eu de vrai rencard, à part ici, dans la maison d'amis, avec toi. Est-ce que c'est... est-ce que tu n'en attendrais pas davantage de la part de ta partenaire ? demanda-t-elle, exprimant enfin les pensées qui avaient tournoyé autour d'elle toute la nuit.

— Faith...

— Non, vraiment. J'écoutais Charlotte parler tout à l'heure. Elle a une carrière et elle a voyagé et elle est élégante —

— Arrête un peu, » dit Gavin dans un grondement. Il tendit le bras et saisit Faith par la taille, l'attirant à lui. « Ouais, Charlotte est sophistiquée. Mais toi — »

Il s'interrompit, et le cœur de Faith se serra dans sa poitrine.

« Je suis quoi ? Ce n'est pas parce que j'ai obtenu un diplôme dans une petite fac communautaire sans nom que je suis quoi que ce soit de spécial. Je n'arrive même pas à m'occuper de moi-même en ce moment. Toi et ta famille, vous faites tout pour moi ! C'est pathétique, et je n'arriverai probablement jamais à rendre la pareille à un seul d'entre vous.

— Bon sang, Faith, dit Gavin en levant la main pour glisser une mèche de cheveux derrière son oreille. C'est pour ça que tu avais l'air si triste au dîner ?

— Bah, ouais. Je suis juste... coincée. Et toi, regarde-toi ! Tu es beau, tu as un bon métier, et tu es gentil — » Elle s'interrompit en voyant le large sourire qui s'étalait sur le visage de Gavin. « Arrête de sourire. Je ne fais qu'énoncer l'évidence.

— Je suis content que tu me trouves aussi irrésistible, » dit Gavin en se penchant pour l'embrasser. Il lui mordilla la lèvre inférieure, lui donnant envie de pousser un soupir et de se laisser aller dans son étreinte. Lorsqu'il était si près d'elle, elle devait se rappeler à l'ordre ne fût-ce que pour rester debout.

« Je ne plaisante pas, là. Je ne pense pas pouvoir être assez bien pour toi. Je me demande seulement... Je me dis que je devrais essayer de retrouver ma mère, essayer de trouver ma propre voie pendant un certain temps. Si j'arrive à me débrouiller toute seule, et si tu veux toujours de moi, peut-être qu'à ce moment-là on aura une chance. »

Gavin fronça les sourcils, puis poussa un soupir exaspéré.

« Wyatt, soupira-t-il.

— Pardon ? demanda-t-elle.

— Wyatt t'a dit quelque chose, pas vrai ? À moins que ce ne soit Cameron ?

— Wyatt, » admit Faith, dont la colère renouvelée enflait dans sa poitrine en pensant à l'avertissement de Wyatt. « Et ce n'est pas pour ton argent que je veux être avec toi, il faut que tu le saches.

— Putain... Je vais le tuer, grogna Gavin. Tu ne dois rien écouter de ce qu'il dit. Il est bourré de préjugés contre les femmes. Ça n'a rien de personnel.

— Il avait l'air de penser que j'allais te briser le cœur et prendre tout ton argent, ou un truc comme ça, dit Faith. Ou que ce n'était que le sexe qui m'intéressait. Je n'ai pas tout compris.

— J'imagine qu'il a quelques véritables perles à citer en exemple, dit Gavin, l'air agacé. Écoute-moi. J'ai envie de toi, je le reconnais. Je te trouve superbe et très sexy. Mais je t'apprécie également. Tu es intéressante et attentionnée et tu es gentille avec moi. Et puis, tu fais de délicieux pancakes, dit-il, terminant sur une plaisanterie.

— Tout ça, tu pourrais le trouver chez quelqu'un qui aurait une véritable expérience de la vie, souligna Faith.

— Mais je ne veux personne d'autre, c'est toi que je veux. »

Faith le regarda pendant un long moment en se mordant la lèvre. Puis elle se détourna en secouant la tête.

« Là, là, dit Gavin en prenant son visage dans sa main en coupe et en la ramenant à lui. On se pose beaucoup de grandes questions en ce moment, mais la seule réponse qu'on doive donner, c'est si oui ou non on en a envie. Alors je te repose la question... Est-ce qu'il y a autre chose qui te retient ? Pas Wyatt, ni ma famille, ni l'argent, ni rien de tout ça. Quelque chose là-dedans ? »

Il lui tapota la poitrine, juste au-dessus du cœur. Faith pencha la tête en arrière et regarda Gavin droit dans les yeux. Il était si sincère, si attentionné. Et elle le désirait plus qu'elle n'avait jamais désiré quiconque, ça, c'était une certitude. Mais était-ce suffisant ?

« Il n'y a rien, dit-elle enfin, élevant ses lèvres pour effleurer les siennes.

— Tu en es sûre, Faith ? Je ne veux pas qu'une partie de toi, je veux tout. Alors sois-en sûre, » dit Gavin en s'écartant pour la regarder à nouveau dans les yeux.

Les paroles sortirent de sa bouche avant même qu'elle les eût pensées, montant directement de son cœur pour franchir ses lèvres.

« J'en suis sûre, Gavin. Moi aussi, j'ai envie de toi, dit-elle.

— On peut y aller lentement, juste pour être sûrs, » promit-il.

En réponse, Faith l'embrassa à nouveau, un peu plus violemment cette fois. Le baiser s'échauffa en une demi-seconde, alors que la passion les embrasait. Gavin posa sa main sur sa joue et plongea l'autre dans ses cheveux, la retenant prisonnière tandis qu'il l'explorait de sa langue et de ses dents.

En un éclair, l'esprit de Faith revint à ce soir-là, aux sources chaudes, à la manière dont il l'avait touchée, l'avait chauffée de plus en plus jusqu'à l'embrasement. L'image de lui assis sur le bord du bassin, caressant sa verge épaisse tandis qu'il la fixait de ses yeux assombris par le désir, se logea dans son esprit et la fit rougir.

« On continue dans la chambre ? » demanda Gavin. Ce n'était pas une suggestion, mais une véritable question. Même excité, et elle voyait bien qu'il l'était, il se comportait en parfait gentleman.

Faith ouvrit la bouche pour répondre, mais un crissement de gravier au-dehors l'interrompit. Gavin lança un coup d'œil à la porte et fronça les sourcils.

« Je suppose que M'man a fait le même sermon à Noah sur le fait de passer du temps ensemble, » soupira-t-il. Il se leva, et se figea en entendant un second véhicule se garer devant la maison. « Deux voitures ? »

Ils se levèrent tous les deux et s'approchèrent de la baie vitrée à l'entrée. Deux 4x4 noirs étaient garés là, dont les portières révélèrent en s'ouvrant plusieurs visages familiers. Son frère Jared se détachait tout particulièrement du lot, le visage traversé par un éclair d'impatience menaçante.

« Va dans ta chambre, Faith. Dans la salle de bain. Ferme la porte à clé, dit précipitamment Gavin en sortant son téléphone portable de sa poche.

— Laisse-moi seulement lui parler, dit Faith, mais Gavin la fit taire d'un regard.

— P'pa, le frère de Faith est ici, et il a emmené... au moins six hommes, » dit Gavin au téléphone. Il écouta pendant un instant, hocha la tête, et raccrocha. Il se tourna vers Faith, la saisit par les épaules et la poussa vers le couloir du fond.

« File ! Je ne plaisante pas. Ne m'oblige pas à devoir me faire du souci pour toi pendant que je me bats, ordonna-t-il. Il y a un pistolet dans le coffret sous mon lit. Il est chargé, alors fais attention.

— Non. Personne ne va se battre, dit Faith en s'arrachant à lui. Je sors. Tu ferais mieux de rester ici. »

Elle avait le cœur dans la gorge, la

peur lui retournait l'estomac, mais elle ne comptait pas laisser Gavin se mettre en danger à cause de sa situation. Il en avait fait suffisamment comme ça.

Gavin s'avança vers elle en ouvrant les bras, dans l'intention manifeste de la prendre au piège et de la forcer à aller dans la salle de bain. Faith l'esquiva et courut à la porte d'entrée, qu'elle ouvrit à la volée tandis qu'il la saisissait par la taille.

« JARED ! cria-t-elle. Je suis là ! »

Elle se débattit, mais Gavin était trop grand, trop fort. Il la poussa derrière son corps et se campa face aux hommes qui ne se trouvaient désormais plus qu'à une dizaine de pas. Faith les dévisagea et déglutit en voyant leurs tenues simples et leurs grimaces cruelles. Son père était absent, mais il s'agissait de ses hommes, et ils n'avaient pas l'air de plaisanter.

« Vous ne l'aurez pas, » gronda Gavin. Faith frémit ; elle n'avait jamais vu cet aspect de lui, son ours si près de la surface, l'agressivité qui émanait de lui par vagues.

« Tu ne peux pas me voler mon bien et t'en tirer à bon compte, dit Jared en s'avançant.

— Elle ne t'appartient pas, » cracha Gavin.

Jared brandit un épais volume relié en cuir brun d'aspect ancien.

« Ah bon ? Le Code des Alpha dit que si, répondit Jared.

— Tu n'es pas l'Alpha, dit Gavin dont les mains se refermèrent en poings.

— Faux. Ce vieux faiblard ne méritait pas le titre, alors je le lui ai pris. C'est moi l'Alpha, à présent, » dit Jared d'un ton presque désinvolte.

La bouche de Faith s'assécha.

« Tu l'as combattu ? demanda Gavin.

— Je l'ai tué, ouais. À présent je suis l'Alpha, et ce bouquin, le même dont ton connard de père s'est servi pour me piquer ma sœur, ce bouquin dit qu'elle m'appartient.

— Tu vas devoir me tuer, ainsi que mes frères et mon père, lui dit Gavin.

— En fait, non. Le Code dit que si vous n'êtes pas allés au bout de la cérémonie d'appariement et ne vous êtes pas accouplés, elle m'appartient, C'est ça, les droits des Alpha. Plutôt chouette, hein ? » dit Jared avec un large sourire. Un ou deux hommes de main éclatèrent d'un rire salace.

« Gavin... dit Faith en lui griffant le bras, cherchant désespérément à se dégager de derrière lui.

— Alors je te défie pour le titre, » dit Gavin.

Tous se figèrent et se turent.

13

« Répète un peu ça ? dit Jared en s'approchant d'un pas fier, une main contre son oreille comme s'il n'avait pas correctement entendu Gavin.

— Je te défie pour le titre d'Alpha, » répéta Gavin. Faith sentait le tremblement qui parcourait tout son corps alors que son ours luttait pour prendre le contrôle.

« C'est un combat à mort, dit Jared d'une voix traînante, un sourire écœurant aux lèvres.

— Seulement si c'est ce que tu en fais, dit Gavin sans reculer d'un pouce.

— Je vais te traîner par terre comme une serpillière. Ensuite, je vais récupérer ma sœur, et lui donner la punition qu'elle mérite. Si elle a envie de faire la pute, elle n'aura qu'à le faire pour les gars de ma meute. Elle s'est tellement comportée comme une salope coincée envers eux, ils vont adorer la déflorer. C'est pas vrai, Faith ? Je sais que tu t'es réservée pour mes gars, pas vrai ? »

Faith poussa un grondement et poussa Gavin. Sa propre ourse montait à la surface et exigeait d'arracher la langue répugnante de Jared.

« Ne fais pas ça, lui dit simplement Gavin. C'est fait. »

Elle se figea un instant, et il franchit la porte d'entrée en direction de Jared. Rapide comme l'éclair, elle le dépassa et se jeta sur son frère en grondant et en lui griffant le visage.

Jared l'attrapa sans difficulté et la poussa vers son cousin Samuel, qui la saisit par le cou. Les doigts de Samuel trouvèrent un point sensible, inondant un instant sa vision de blanc lorsqu'il la serra cruellement.

« On se calme, gronda son cousin.

— Si tu lui fais mal, t'es le prochain, dit Gavin, le visage de marbre.

— Je maintiens la paix, c'est tout, » dit Samuel en soulevant Faith tout en la tenant fermement.

Gavin dévisagea un instant Samuel, puis secoua la tête.

« Finissons-en, » dit-il à Jared. Il entreprit de retirer son T-shirt, prêt à se transformer et à se battre.

« Non, dit Jared. On reste humains. C'est dans le bouquin. »

Jared lança le livre à Gavin et il atterrit à ses pieds. Gavin le regarda en montrant les crocs, et secoua la tête.

« Non ! Gavin, c'est un boxeur, il se bat à mains nues, implora Faith. Il a failli tuer un ou deux gars. Sous ta forme d'ours, tu es plus grand que lui, ça te donnera l'avantage.

— Je m'en fous. Je vais le faire, » répondit Gavin. Au loin, Faith entendait le bruit de voitures qui approchaient. Josiah et le reste des renforts, supposait-elle.

« Et que personne ne nous interrompe, dit Jared d'une voix sonore. Ça signifie que ton père et tes frères resteront à l'écart.

— Et tes hommes aussi, dit Gavin. — Très bien. Allons-y. »

Jared lança à Faith un regard cruel, puis fit le tour pour venir se camper face à Gavin.

« Lâche-moi, dit Faith à Samuel en le repoussant. Il faut que je regarde.

— Si tu t'en mêles, tu vas le regretter, » dit Samuel, qui la poussa légèrement en la relâchant. Elle s'éloigna de lui, mais resta à bonne distance de Gavin et Jared.

Jared s'avançait déjà, les poings levés, se glissant de plus en plus près. Gavin adopta la même posture, mais Faith voyait bien qu'il était loin d'avoir autant d'entraînement. Deux voitures se garèrent, les hommes du clan Beran et quelques autres coururent vers le cercle, mais ils étaient en sous-nombre.

« Reste en dehors de ça, P'pa ! cria Gavin en n'accordant qu'un bref coup d'œil à son père. On se livre au duel des Alpha, là. »

Josiah et Noah s'immobilisèrent. Jared profita de la distraction momentanée de Gavin, et son poing jaillit en un éclair pour heurter Gavin en pleine mâchoire. Gavin trébucha en arrière, mais il se reprit rapidement.

Tous deux se déplaçaient en cercle, encaissant et assénant des coups. Le temps ralentit, un supplice pour Faith. Elle regardait Jared faire danser Gavin, en lui assénant des coups violents aux côtes et à la poitrine. Elle sentit du vomi lui monter à la gorge, mais elle était incapable de bouger, et parvenait tout juste à respirer.

Gavin tint bon pendant plusieurs minutes, mais Jared le poussait sans cesse, assénant trois coups de poing pour chaque coup de Gavin. Jared déséquilibra Gavin pendant une seconde et abattit son poing sur le visage de Gavin, faisant craquer les os et jaillir le sang. Gavin ne tarda pas à lui rendre la pareille, donnant un coup de coude en plein dan le nez de Jared, mais Faith voyait déjà que ce combat était impossible à gagner.

Jared était sur le point de tuer le seul homme pour qui elle comptât, l'homme que... oui, qu'elle aimait. Sa chance de connaître la vie et le bonheur. Elle lui avait échappé, elle l'avait roulé, et voilà qu'à présent, même cela, Jared allait le lui prendre.

Jared plaqua Gavin au sol, et lui asséna deux coups sourds et écœurants au torse. Gavin poussa un gémissement mais roula de côté. Faith lança un rapide coup d'œil en direction de la maison, en se demandant comment mettre un terme à tout ça avant qu'il ne soit trop tard.

Une idée la frappa alors, une idée complètement folle. Elle essaya de réfléchir, de trouver autre chose, mais il n'y avait rien d'autre à faire. Elle était vide à l'intérieur, une boule de peur, de confusion et de haine, et il n'y avait rien d'autre.

Elle s'éclipsa, tous les hommes étant fort heureusement absorbés par le combat. Samuel lui lança un regard dur, mais elle se retourna et fit semblant de sangloter et de s'enfuir à l'intérieur. Personne ne la suivit ; on lui accordait au moins ce maigre soulagement.

Il ne lui fallut qu'une minute pour trouver ce qu'elle cherchait. Il était sous le lit de Gavin, exactement comme il l'avait dit. De ses mains tremblantes, elle sortit le lourd pistolet noir de son étui. Elle fut de retour à la porte en un clin d'œil, à peine consciente de ce qu'elle était en train de faire.

Il n'y avait que le désespoir qui lui griffait les entrailles, la faisait trembler et lui donnait envie de vomir.

Jared et Gavin étaient toujours au sol, mais Gavin bougeait à peine. Il continuait d'arrêter des coups de poings, avec des gestes lents et maladroits, tandis que Jared souriait comme un fou, du sang dégoulinant de sa bouche et de son nez.

Un éclat de métal brilla, quelque chose dans la main de Jared. Les yeux de Faith s'ouvrirent en grand lorsqu'elle vit qu'il avait une petite lame, un éclair d'acier qui décrivait un arc de cercle en direction de Gavin. Elle entendit le beuglement indigné que poussa Gavin, de douleur et de colère.

Puis le monde devint silencieux. Non, pas exactement. Le temps se figea. Puis les bras de Faith bougèrent, comme de leur propre chef. Il y eut alors un bruit, un rugissement, et puis plus de bruit du tout. Comme si on avait retiré une bonde qui avait laissé s'échapper tout l'air, mais uniquement pour son ouïe.

Jared tomba au sol, le visage déformé par la douleur, la main crispée sur son épaule. Tout à coup, voilà que tout le monde la regardait fixement. Faith baissa les yeux vers ses mains et vit le pistolet braqué sur son frère. Ce ne fut alors qu'elle prit conscience de lui avoir *tiré* dessus.

La bouche de Samuel remua, et elle parvint à l'entendre, un peu.

« Tu ne peux pas — » disait son cousin en s'avançant vers elle.

Elle pivota vers lui, le pistolet toujours braqué droit devant elle.

« Je vais te tuer, lui dit-elle. Recule. »

Désormais, elle ne tremblait plus, elle n'avait plus peur. Plus de nausée ni de papillons dans le ventre, ni rien de tout ça. Seulement une colère glaciale et de la détermination.

« Éloignez Jared de mon partenaire, ordonna-t-elle aux hommes.

— Foutue salope ! hurla Jared d'une voix perçante, toute son assurance masculine envolée. Je vais te buter, putain, je vais vous buter tous les deux ! »

Jared se leva d'un bond, ignorant son épaule qui saignait et courut droit sur Faith, son couteau à la main. Faith se mit en mouvement, et tira alors à nouveau, facilement, sciemment. À bout portant, cette fois, en plein cœur.

Jared ouvrit de grands yeux en crispant ses mains sur sa poitrine, une expression meurtrière sur le visage.

« Tu... n'as pas... je vais... buter... » articula-t-il. Ou cria-t-il, peut-être ; Faith n'entendait rien du tout. Puis ses yeux se révulsèrent et il s'effondra sur le gravier.

Samuel bougea à nouveau, une partie des hommes rassemblés derrière lui, et Faith se retourna vers lui.

« Je crois avoir été claire. J'ai dit que je te tuerais et je le pensais, » cria Faith, assourdie par le coup de feu, toujours contrôlée par ce calme glacé qui la manipulait comme une marionnette. « Je l'ai tué. C'est moi l'Alpha, à présent. Montez dans la voiture et partez, ou je tuerai chacun d'entre vous. »

La bouche de Samuel remua. Au bout d'un moment, Josiah et Noah s'avancèrent avec des gestes prudents. Josiah saisit Samuel par le cou, utilisant presque la même prise que Samuel avait utilisée sur Faith, et au bout d'un moment, Samuel renonça.

Faith regarda les hommes de Jared tourner les talons et prendre la fuite. Une fois que leurs voitures furent suffisamment loin, elle se pencha et posa le pistolet par terre. Elle entendit le bruit sourd et métallique qu'il fit en venant reposer sur le gravier de l'allée.

« Tout va bien, Faith ? » lui demandait Noah tandis qu'il s'approchait, la main tendue vers elle. Elle s'effondra pratiquement à la seconde où il la toucha, à deux doigts de se dissoudre, incapable de comprendre ou d'encaisser le choc. Elle regarda le corps de son frère, gagnée par l'incertitude.

Mais elle vit alors Gavin qui luttait pour s'asseoir, et toutes ses émotions revinrent l'inonder au point de lui donner la nausée. Colèrepeurtristessepeurnauséepeuramour.

Faith s'élança loin de Noah et s'avança d'un pas trébuchant de Gavin, avant de tomber à genoux.

« Gavin, » souffla-t-elle. Il leva les yeux vers elle, visiblement confus.

« Qu'est-ce qui s'est passé ? demanda-t-il.

— Je l'ai tué, dit Faith, dont la voix se brisa. Il — il allait te tuer. Il avait un couteau.

— D'accord, tout va bien, dit Gavin tout en l'attirant sur ses genoux avec une grimace.

— Non, Gavin, j'ai—

— Chuuut. On en parlera plus tard, d'accord ? » demanda-t-il.

Faith regarda son visage barbouillé de sang et sentit le sien se plisser. Les larmes vinrent enfin, en gros sanglots tremblants.

« Il allait te tuer, ne cessait-elle de dire. Je t'aime, il ne peut pas te tuer. »

Elle hurla et se débattit carrément lorsque Josiah la souleva et l'écarta de Gavin.

« Il faut le nettoyer un peu, ma petite, grogna Josiah. Arrête de bouger, et je te laisserai rester avec lui. »

Elle se tut à ces paroles et fut satisfaite en voyant que Noah aidait Gavin à se lever, le soutenait et l'emmenait à l'intérieur. Josiah l'installa dans un fauteuil, et lui recommanda d'y rester.

Josiah et Noah eurent vite fait de nettoyer Gavin, ou du moins de le débarrasser de tout ce sang. Ils l'allongèrent sur le canapé, en s'efforçant de faire en sorte qu'il fût aussi à l'aise que possible. Noah alla dans la salle de bain et revint avec des pansements, du désinfectant et même quelques antidouleurs.

« I — Il lui faut un médecin, » dit Faith.

Josiah l'ignora, et examina la plaie au couteau sur la poitrine de Gavin.

« Ce n'est pas profond. Il va s'en remettre. C'est un Beran, » proclama Josiah en donnant à Gavin une tape dans le dos qui le fit grimacer. « On guérit vite, nous autres. Il se portera comme un charme.

— Hé, je suis là, » dit Gavin d'une voix rocailleuse.

Noah banda la plaie et s'assura que le

nez de Gavin n'était pas cassé, puis le força à prendre les antidouleurs. Une fois que ce fut fait, Noah déclara qu'il avait fait tout ce qu'il pouvait.

« Tu veux qu'on reste ? demanda Noah à Gavin, en lançant à Faith un regard incertain.

— Non. Gavin se montrait ferme. Une seconde. Prenez le flingue, par contre. »

Comme si Faith avait eu besoin de ça à cet instant.

Josiah la regarda longuement, puis soupira.

« Est-ce qu'il faut faire quelque chose de spécial du corps de ton frère, ma petite ? » demanda l'Alpha.

Faith battit des paupières. Cette sensation était de retour, cet engourdissement glacé.

« Non, répondit-elle.

— Bien, dans ce cas, » dit Josiah. Il fit mine de partir, puis se ravisa, et se retourna vers Faith. « Tu as bien fait, ma petite. »

Sur cette déclaration, et après quelques derniers regards inquiets de la part de Noah, ils partirent. Faith baissa les yeux vers ses mains, en se demandant si elle aurait dû être plus horrifiée.

« Faith, » dit Gavin d'une voix rauque. Elle leva les yeux vers lui, les entrailles remplies de plomb. Alors ça y était. À présent qu'elle avait tué un homme devant lui...

« Tu veux bien venir t'allonger avec moi, s'il te plaît ? » demanda Gavin. Il repoussa la couverture afghane que Noah avait posée sur lui et lui fit signe d'approcher. « Je commence à avoir un peu froid. »

Faith se leva et s'approcha du canapé, tremblant de tous ses membres. Lentement, hésitante, elle s'allongea contre Gavin sur le canapé, et poussa un soupir tremblant lorsqu'il l'enveloppa dans la couverture et passa son bras autour d'elle.

« Gavin — commença-t-elle.

— Dormons, » la coupa Gavin. Il se

déplaça et l'attira contre lui, serrant leurs corps l'un contre l'autre partout sauf près de sa blessure au couteau. Il soupira et embrassa l'arrière de sa tête, puis s'installa pour dormir. Seuls quelques instants lui parurent s'écouler avant que son corps ne se détende, son souffle léger contre le cou de Faith.

Et Faith, malgré tout ce à quoi elle avait assisté ce matin-là, le suivit plus promptement qu'elle n'aurait jamais pu l'imaginer.

14

« Je peux savoir ce que tu fais ? »

Gavin grimaça et se redressa, cessant de lacer ses baskets. Le lit de « sa » maison d'amis grinça sous son poids, lui faisant regretter le confort de son propre matelas fait sur mesure là-bas, dans son appartement de Billings. C'était l'une des rares extravagances qu'il s'était permise, car sa maison, sa voiture et sa garde-robe étaient simples et allaient à l'économie.

« Je vais courir, » dit-il en se tournant vers Faith. Elle se tenait dans l'embrasure de la porte, les bras croisés et l'air agacé. Intérieurement, il devait reconnaître qu'il n'avait pas été le meilleur des patients au cours de cette dernière semaine. Une fois qu'il eut convaincu Faith du fait qu'il ne la tenait pas pour responsable, qu'il ne la haïssait pas, et qu'il ne nourrissait rien d'autre que de l'antipathie à l'égard de son père et de son frère désormais décédés, elle avait insisté pour prendre soin de lui. Si l'on pouvait appeler ainsi son acharnement et sa détermination à le choyer et le dorloter.

« Je ne crois pas, mon vieux, » dit-elle en s'avançant vers lui. Elle portait un pantalon de yoga gris moulant sous un T-shirt ample. Bien que sa peau fût couverte, ce pantalon était injuste. Il distinguait chaque pouce de son corps, et ça le tuait encore plus que ses soins étouffants.

« Je suis frais comme un gardon, dit-il en s'éclaircissant la gorge.

— Tu es un menteur, » dit-elle en plissant les yeux. Elle s'approcha, et la bouche de Gavin s'assécha. En vérité, il n'avait même pas vraiment envie d'aller courir. Mais il était coincé dans la maison avec elle, et alors que Faith pensait qu'il était encore souffrant, sa libido s'était remise depuis longtemps. Et complètement.

« Je suis agité, admit-il.

— Je me fiche de ce que tu es. Tu ne sortiras pas de cette maison tant que je ne serai pas satisfaite de ton rétablissement, » dit-elle d'un air maussade.

Les lèvres de Gavin frémirent. Elle l'excitait de toutes les manières possibles et elle ne s'en rendait même pas compte. Elle était différente à présent, suite au duel des Alpha. Son insolence et son attitude entêtée étaient une évolution intéressante, qu'il commençait déjà à apprécier.

« Ah bon ? demanda-t-il.

— Ouais, » rétorqua-t-elle. Elle était juste à côté de lui à présent, les yeux baissés vers lui, tentatrice.

« Et si je te prouve que je suis complètement guéri ? » demanda-t-il.

Elle souffla bruyamment.

« Et comment est-ce que tu comptes t'y prendre ? En faisant des bonds sur place ? demanda-t-elle, un seul sourcil haussé.

— Je me disais... » Il tendit les bras et l'attira sur lui tandis qu'il s'allongeait sur le matelas. Ses lèvres trouvèrent celles de Faith dans un halètement surpris, et il rit doucement tout en l'embrassant. Il souleva son corps pour le presser contre le sien, frottant son érection contre son ventre et arrachant à ses lèvres un second halètement.

« Gavin ! glapit-elle.

— Je pense que ça prouve à quel point je suis prêt, dit-il en repoussant l'épaisse crinière blonde de sa chevelure afin de pouvoir lui mordiller le cou.

— Ça ne prouve rien ! protesta-t-elle.

— Tu as raison, » dit-elle. Il gronda et roula avec elle, adoptant une position plus dominante. Il plaqua son corps contre le sien, effleurant son sein du bout des doigts, satisfait lorsqu'il trouva son mamelon durci à travers le coton doux de son T-shirt.

« En... En effet, souffla-t-elle.

— De toute évidence, il faut que je sois en toi pour le prouver, la taquina-t-il tout en lui mordillant le cou.

— Gavin, non ! dit-elle, mais son souffle haletant trahissait son désir.

— Je parie que je peux te faire changer de chanson, dit-il en capturant à nouveau ses lèvres.

— Tu es terrible, comme patient, » marmonna-t-elle contre sa bouche.

Il emporta ses paroles d'un baiser, plongeant sa langue entre ses lèvres, savourant son goût sucré. Elle poussa un léger soupir, lui rappelant sans rien dire son innocence. Ce son le tempéra, maintenant son désir à peine contenu à petit bouillon.

Faith lui offrait un cadeau, le laissait être le premier, le seul homme qui la posséderait véritablement jamais au sens le plus complet du terme. Gavin résolut de prendre son mal en patience, de s'assurer qu'elle mouille et gémisse, qu'elle le supplie avant de céder à son désir et de se plonger dans son corps.

« Tu portes trop de vêtements, dit Gavin en soulevant l'ourlet de son T-shirt et en glissant ses mains dessous pour caresser l'étendue lisse de sa peau.

— Je ne suis pas la seule, » dit Faith, dont les joues s'empourprèrent alors même qu'elle prononçait ces paroles. Elle le surprit, bien qu'à ce stade il n'eût pas dû l'être. Elle avait tant de facettes. Jeune fille peureuse, fille obéissante, vierge tremblante. Mais elle était également intelligente et déterminée, inébranlable dans ce qu'elle pensait être son devoir.

Bon sang, elle avait *tué* pour lui. Son propre frère, en plus. Sa soudaine audace aurait-elle vraiment dû le choquer, après ça ? Gavin ne le pensait pas.

Il lui retira donc d'abord son T-shirt, exposant son soutien-gorge de dentelle blanche, puis se leva pour retirer le sien. Il la regarda ouvrir de grands yeux admiratifs tandis qu'elle promenait son regard le long de son torse et se sentit envahi par une profonde montée de satisfaction masculine.

Elle tendit la main et passa le bout de son doigt sur son pectoral, le long du mur d'acier de son ventre, n'hésitant que lorsqu'elle toucha l'épais V de muscle au-dessus de son bassin.

« Tu es magnifique, lui dit-elle, son regard avide le faisant brûler d'impatience.

— Tu me piques toutes mes bonnes répliques, » plaisanta-t-il tout en tendant la main pour caresser la douce courbe de sa hanche. Il fit glisser sa main vers le haut et la posa sur son sein à travers la fine dentelle de son soutien-gorge. Elle soupira à nouveau tandis qu'il titillait son mamelon durci du bout d'un seul doigt, maintenant un contact aussi léger qu'une plume.

« Et toi, tu me mets au supplice, » lui

annonça-t-elle en remuant son bassin contre le sien. Innocente et pourtant son désir manifestement languissant était plus mortel et séducteur que tout ce qu'aurait pu tenter une courtisane exercée.

« On ne fait que commencer, » promit-il.

Il s'écarta d'elle, s'assit et l'attira sur ses genoux, en écartant ses jambes d'une petite tape afin qu'elle le chevauchât. Il lui laissait un certain contrôle, alors même qu'elle sapait le sien. Il l'observa attentivement tandis qu'il prenait ses seins dans ses mains en coupe et en mesurait la lourdeur.

Elle remua et se mordit la lèvre, en donnant un petit coup de bassin contre le sien. Elle n'avait aucune idée de ce qu'elle faisait en pressant ainsi sa chaleur contre lui. Sans son jean, il se dit qu'il aurait probablement pu sentir son humidité à travers le coton mince de son pantalon de yoga. Bientôt, elle serait plus qu'humide, elle serait trempée.

Gavin se pencha en avant; effleurant son mamelon de ses lèvres à travers la dentelle de son soutien-gorge. Toujours léger, titillant, attisant la flamme en elle.

« Gavin, protesta-t-elle, presque dans un soupir.

— Détends-toi, lui dit-il. Je ne t'ai encore rien donné. »

Elle rougit à ses paroles, mais elle se contenta de se mordre à nouveau la lèvre. Attendant, en confiance.

Gavin effleura son mamelon de ses dents, savourant son halètement le temps d'un battement de cœur avant d'abandonner son sein pour un baiser profond et avide. Dès qu'elle se fût détendue sous la poussée invasive de sa langue, il reprit sa progression, enfouissant ses doigts dans ses cheveux et lui penchant la tête en arrière. S'autorisant l'accès à la peau sensible de son cou, de sa nuque. Il suçait et mordillait, marquant sa chair pâle, et trouva un point derrière son oreille qui lui fit pousser un cri de surprise et de plaisir.

Ses mains agrippèrent ses épaules, s'accrochant désespérément à lui. Il baissa les bretelles de son soutien-gorge l'une après l'autre, un mouvement lent et calculé, tout en embrassant et en marquant la colonne parfaite de son cou, les lignes fluides de ses clavicules. Baiser, succion, morsure. Frustration, puis plaisir, puis un soupçon de douleur qui attisait les flammes de plus en plus.

Elle remuait désormais contre lui, son bassin ondulant en un doux rythme qui ne pouvait pas s'apprendre. C'était ingénu, mais excitant, un signe de l'avidité croissante de Faith, à la mesure de la sienne.

Gavin baissa les bonnets de son soutien-gorge, libérant lentement ses seins, petit à petit. Lorsqu'elle fut nue devant lui, elle cambra le dos, poussant ses seins en avant vers son visage.

« Hmmm, murmura Gavin en la regardant droit dans les yeux tout en se léchant les lèvres. Je me demande ce que tu peux bien vouloir. »

Elle plissa les yeux, et une moue se forma sur ses lèvres.

« Est-ce que c'est ça ? » demanda-t-il en se penchant pour déposer un baiser entre ses seins. Un autre baiser, plus long, sur le dessous sensible de l'un des deux lourdes sphères. Un autre juste au-dessus, puis sur le côté.

« Gavin ! » dit-elle, empoignant sa nuque d'une main. Comme pour l'attirer à elle, presser son sein contre ses lèvres. Mais elle hésita, et il eut pitié d'elle.

« Ça, peut-être ? dit-il en passant ses lèvres sur un mamelon durci et rose comme un pétale de fleur.

— Ahhh, siffla-t-elle, son bassin remuant contre lui et se frottant contre sa queue. Oui, oui. »

Gavin balaya rapidement son mamelon d'un petit coup de langue, et elle le récompensa d'un puissant coup de bassin. Elle l'attirait à présent à elle, se cambrait contre ses lèvres, le dos incurvé tandis qu'il posait une main à plat sur son cul pour l'attirer plus près, encore plus près.

« Demande-moi de te goûter, Faith, » lui dit Gavin. Il aimait les femmes qui se faisaient entendre, et s'il devait être son premier, son unique, il allait falloir qu'il lui montre ce qui lui plaisait. « Je veux t'entendre dire ce que tu veux que je te fasse.

— Goûte-moi, » soupira-t-elle, sans aucune hésitation. Pas de tergiversations, à peine un peu de rouge aux joues cette fois.

Gavin obtempéra, refermant ses lèvres sur son mamelon, léchant et faisant tournoyer sa langue autour du bout. Il savoura son gémissement, long, doux et débordant de désir.

Lorsque les mains de Faith quittèrent ses épaules pour se poser sur ses hanches, ses pouces effleurant sa taille en caresses brûlantes, Gavin suça fort et gémit contre sa chair. Il donna un coup de bassin vers le haut, lui montrant son désir sans réserve.

Elle recula légèrement, s'écartant de sa bouche avide, ses doigts défaisant le bouton et baissant la fermeture éclair de son jean. Elle se mordit la lèvre, et, d'un coup sec, fit descendre son pantalon d'une dizaine de centimètres. Sa queue était tendue contre son boxer moulant, le bout dépassant, implorant son attention.

« Touche-moi, » l'encouragea-t-il. Lorsqu'elle baissa son boxer et effleura du dos de ses doigts son érection palpitante, il se mordit la lèvre pour réprimer un gémissement étranglé.

Elle trouva les gouttes étincelantes de liquide pré-séminal à son extrémité, les toucha avec curiosité du bout des doigts, étalant le liquide soyeux sur le bout épais de sa queue. Ses explorations hésitantes ne suffisaient pas, elles ne faisaient que le rendre avide.

Gavin prit sa main et la replia autour de sa queue, refermant ses doigts sur les siens et lui montrant le bon degré de pression. Il déplaça sa main, la faisant aller et venir plusieurs fois le long de sa verge avant de la lâcher.

« J'ai envie de toi, » murmura Faith, dont les yeux allaient et venaient rapidement entre son visage et l'endroit où elle tenait fermement sa verge rigide dans sa main. Gavin donna un coup de bassin contre sa main, tandis qu'un gémissement jaillissait de sa poitrine.

« Ça suffit, dit-il en saisissant sa main. Il faut que je te prépare. Je suis trop gros pour qu'une vierge puisse me prendre sans être très, très excitée. »

Faith se mordit la lèvre, manifestement curieuse.

« Comme ce que tu as fait l'autre soir ? demanda-t-elle timidement.

— Bien plus que ça, promit Gavin. Mais d'abord... »

15

Gavin fit descendre Faith de ses genoux et retira son jean et son boxer d'un seul geste fluide. Faith haussa un sourcil, mais le laissa la dénuder, elle aussi. Il s'écarta du lit et alla dans la salle de bain, pour revenir avec un emballage d'aluminium brillant qu'il lui montra. Un préservatif, comprit-elle.

« Je ne veux pas que tu te fasses de soucis pour lesquels tu n'es pas prête, » dit-il tout en le déballant et le déroulant sur lui.

La considération qu'il témoignait à

ses besoins emplit sa poitrine de quelque chose de dangereux, quelque chose qu'elle avait vivement ressenti dans les instants qui avaient précédé celui où elle avait tiré sur son frère. Quelque chose qui ressemblait à de l'amour, mais Faith repoussa cette idée au fond de son esprit. Cet instant était dédié au physique, et non à l'émotionnel.

Faith adressa un immense sourire à Gavin et lui ouvrit les bras, le ramenant sur le lit. Il s'assit et l'attira de nouveau sur ses genoux, face à face, sans rien entre eux désormais. Faith se mordit la lèvre et baissa sa main, son visage affichant une curiosité évidente tandis qu'elle le touchait, explorant la surface glissante du préservatif. Elle reprit sa verge dans sa main, lui donnant une caresse expérimentale, satisfaite de constater que le préservatif restait en place comme une seconde peau.

Gavin poussa un grognement, son visage affichant un désir renouvelé.

Écartant sa main, il empoigna son

cul et la plaqua contre son corps, coinçant son érection entre eux pour en presser la base contre a chaleur humide de son entrejambe. Lorsqu'il donna un coup de reins, effleurant sa chair la plus sensible, elle frissonna.

« Oh ! » articula Faith. Gavin lui leva les bras et les passa autour de ses épaules, puis il l'embrassa. Profondément, lentement et brutalement, envahissant sa bouche, se frottant contre elle là où elle en avait le plus besoin. Il l'embrassa paresseusement pendant de longues minutes, instaurant un rythme tendre entre eux, donnant de petits coups de son corps contre le sien jusqu'à ce qu'elle prenne le rythme, faisant onduler son bassin tandis que son souffle s'accélérait.

Gavin rompit le baiser, déployant une main au creux de ses reins tandis que l'autre se glissait entre eux. La pulpe caleuse de son pouce trouva ce point-là, celui qu'il avait titillé si impitoyablement aux sources chaudes. Une chaleur délicieuse se répandit dans tout son corps, embrasant son bas-ventre, ses seins et ses lèvres.

« Tu aimes ça, Faith ? » murmura Gavin en passant ses lèvres sur son cou. Faith frissonna, à peine capable de hocher la tête.

— Dis-moi à quel point tu aimes ça, dit-il.

— Beau-beaucoup, souffla-t-elle. Je... J'en veux plus.

— Dis mon nom, pour que je sache que tu sais qui te donne du plaisir. Dis : j'en veux plus, Gavin.

— J'en veux... J'en veux plus, Gavin, » dit Faith en s'efforçant de garder les yeux ouverts tandis que le bassin de Gavin ondulait, pressant son bassin contre elle tandis que son pouce décrivait de lents cercles. Il la touchait là où elle en avait besoin, mais elle en voulait effectivement davantage.

« J'adore t'entendre me parler, me dire ce que tu veux, dit-il en effleurant de son menton barbu la peau soudain rendue sensible, là où son cou rejoignait son épaule, et ses dents la mordillèrent.

— J'en veux plus, dit-elle, plus fort cette fois. Je te veux en... en moi. »

Faith avait tout à coup voulu en savoir davantage, savoir comment lui parler, l'exciter. Les mots lui manquaient même pour ce dont elle avait besoin, mais il fallait qu'elle essaie.

« Je veux tes doigts, comme la dernière fois, dit-elle enfin.

— Bien, très bien, la félicita Gavin. Mais je vais te donner plus que ça. »

L'instant d'après, il la déplaçait, l'allongeant tandis qu'il s'étendait auprès d'elle. Il trouva ses lèvres inférieures du bout de deux doigts, titillant le point le plus sensible avant de descendre plus bas, toujours plus bas.

« Qu'est-ce que tu mouilles pour moi, Faith, dit Gavin, presque pour lui-même. Et c'est tellement bon, ta chatte si douce, humide et chaude. »

Faith rougit comme une tomate en entendant ses paroles salaces, mais se surprit néanmoins à se tendre à la rencontre de ses caresses. Gavin la récompensa en enfonçant deux longs doigts épais entre ses cuisses, lui donnant ce qu'elle désirait tant.

« Ah ! Oui, oui, gémit-elle en fermant lentement les yeux.

— Aucune barrière, » dit Gavin. Il parut surpris mais satisfait tandis qu'il faisait lentement aller et venir ses doigts dans son étroit passage. « Bon sang, tu es parfaite. Regarde-moi, Faith. Regarde-moi pendant que je te touche. »

Elle ouvrit les yeux et s'émerveilla de l'intensité de son expression. Il lui rendit son regard sans détour, un sourire aux lèvres. Il remua un peu, pressant sa lourde érection contre sa hanche, ajustant sa main. Son pouce retrouva ce point précis tandis que ses doigts se recourbaient en elle, appelant, bougeant contre sa paroi intérieure.

« Oh-ohhh, » balbutia Faith en ouvrant de grands yeux. Une nouvelle sorte de pression se formait en elle à présent, une chose qui menaçait d'exploser en elle.

« C'est ça, bébé, dit Gavin avec douceur, le regard avide. C'est ton point G. Tout à coup, te voilà trempée, chaude et excitée. Je t'avais dit que j'allais te préparer, pas vrai ? »

Faith geignit lorsqu'il s'écarta et l'allongea sur le dos. L'espace d'un instant, son pouls s'accéléra. *Ça y est*, se dit-elle. *C'est maintenant qu'il va me donner tout ce que je veux.*

Elle le regarda s'agenouiller entre ses jambes, titillant et embrassant ses seins, déposant sur son ventre des baisers brûlants qui la firent se tortiller. Mais il se baissa ensuite, en appui sur ses coudes, caressant ses lèvres inférieures avant de les écarter largement, et elle poussa un cri aigu de surprise.

« Gavin ! » protesta-t-elle. Il la *regardait* là, en bas. Il n'avait tout de même pas besoin de —

Ses lèvres se pressèrent contre elle, et son corps se crispa sous l'effet de la panique, mais ensuite le bout soyeux de la langue de Gavin trouva son — son clitoris, elle s'obligea à penser le mot — et elle se cambra au-dessus du lit, le dos arqué.

« Oh ! » s'écria-t-elle. Sa langue s'activait sur son clito, chaude, torride et glissante. Ses seins palpitaient, son clito était douloureux, sa bouche s'assécha. « Oh, Gavin, je — »

Elle vola en éclats, incapable d'ajouter un mot de plus. Tout était noir et blanc, éclatant ou sombre et torride, si torride, bien qu'elle tremblât et frissonnât. Lorsqu'elle ouvrit enfin les yeux, elle trouva Gavin en train de déposer des baisers sur ses cuisses tout en levant les yeux vers elle. Normalement, elle se serait dérobée face à un contact aussi intime, à une expression aussi avide, mais à cet instant précis, elle était incapable de bouger.

« Je ne savais pas... dit-elle, puis elle renonça et se contenta de soupirer.

— Et ça, encore, c'est rien, » lui dit

Gavin, un large sourire entendu illuminant son visage. Il remonta et s'allongea à nouveau à côté d'elle, ses mains caressant sa hanche, son dos, ses flancs.

« Est-ce que… est-ce que je peux te le faire ? Avec ma bouche, je veux dire, » demanda Faith, curieuse. Elle était si repue, son corps était si lourd, mais en même temps, une petite part d'elle était à nouveau affamée.

« Pas ce soir. Je jouirais en un rien de temps et je gâcherais tout, dit Gavin avec un soupir.

— Oh, » dit Faith, un peu déçue. Gavin eut un petit rire.

« Crois-moi quand je te dis que tu auras l'occasion de me donner du plaisir avec ta bouche, promit-il. Mais tu m'as déjà trop allumé. Il me faut tout, tout de suite.

— Je ne t'ai pas allumé ! » protesta Faith.

Gavin abaissa sa main jusqu'à son entre jambe, poussant l'épaisse longueur de sa virilité vers sa caresse.

« C'est vrai, ça ? demanda-t-il. Je ne tiens qu'à un putain de fil, Faith. Si je m'étais caressé pendant que je te goûtais, j'aurais joui dans ma main. »

Faith le regarda, vit le désir gravé sur son visage, la tension dans son corps. Il en voulait plus et, que les dieux lui viennent en aide, elle aussi.

« Alors prends-moi, » dit-elle en se penchant en avant pour l'embrasser tout en effleurant son érection du bout des doigts. Elle palpita à son contact, lui faisant ouvrir de grands yeux. Gavin émit péniblement un son à mi-chemin entre l'amusement et la frustration.

« Est-ce que tu en es certaine ? demanda-t-il sans bouger un muscle.

— Je ne sais pas. Tu veux être mon partenaire ? » demanda Faith en penchant la tête.

La bouche de Gavin s'ouvrit, mais pendant un instant, aucun mot n'en sortit. Elle était bel et bien parvenue à le laisser sans voix, et cela suscita en elle un étrange élan de fierté.

« Je ne pourrais jamais vouloir qui que ce soit d'autre, » parvint-il à dire au bout d'un moment, prenant son menton dans sa main et l'attirant à lui pour l'embrasser.

Faith soupira contre ses lèvres, et ses mains vinrent tirer sur son bassin, l'attirer contre elle. Elle voulait son poids contre elle, elle le voulait à l'intérieur de son corps.

Gavin l'approcha de lui, écartant ses genoux, l'ouvrant. Il effleura à nouveau son clito, et poussa un gémissement en la trouvant prête pour lui.

« Tu mouilles encore tellement. Nom de Dieu, mon cœur, » dit-il en empoignant son érection pour la guider vers son entrée.

Le bout arrondi lui parut plus épais et plus dur que tout ce qu'elle avait jamais imaginé tandis que Gavin s'enfonçait dans son étroitesse par petits à-coups qui l'étiraient et l'étiraient encore, et la remplissaient jusqu'au point de rupture.

Il y eut un instant de douleur, ses muscles se crispèrent et se contractèrent tandis que son corps s'efforçait d'accueillir sa longueur et son diamètre.

« Ah ! » souffla-t-elle, gardant son inconfort pour elle. Mais Gavin ne s'y trompa pas, et baissa sa main pour caresser son clito de son pouce.

Faith soupira tandis qu'il attisait à nouveau les flammes de son désir, facilitant son passage. En un clin d'œil, son corps l'accepta. Au lieu de la douleur, elle ressentit une tension, mais à présent elle était due à la curiosité et au désir.

« Encore, dit-elle.

— Faith, l'avertit Gavin en effleurant ses lèvres d'un baiser. Il faut qu'on y aille lentement.

— Non, » dit-elle. Voyant qu'il ne bougeait pas, elle fit onduler son bassin contre lui, et gémit en le sentant, en sentant la manière dont ses parois intérieures le serraient. « J'en veux plus, Gavin. Prends-moi, prends-moi maintenant. »

Gavin serra les dents, sa scrupuleuse maîtrise de soi commençant à s'effriter. Il se retira et revint se glisser en elle, faisant gémir Faith.

« Oui. Plus, j'en veux plus, » le pressa-t-elle.

Il poussait et se retirait, poussait et se retirer, avec une lenteur atroce. Il la mettait au supplice. D'après l'expression désespérée de son visage, Faith devina qu'il se tourmentait tout autant.

« Prends-moi, Gavin. Je t'en prie ! » implora-t-elle en faisant onduler son bassin sous lui.

Lorsqu'il se mit à bouger pour de bon, faisant lentement aller et venir son épaisseur dans son passage trempé et douloureux, Faith s'embrasa à nouveau. Elle poussa un faible gémissement, ses ongles griffant les épaules de Gavin.

« Tu aimes ça ? Tu aimes ma queue, bébé ? Tu aimes la façon dont je te baise ? demanda Gavin, les yeux presque noirs tandis qu'il pilonnait son corps.

— Encore, haleta Faith, dont le

bassin se soulevait à la rencontre du sien, encore et encore. Je veux... comme avec tes doigts. »

Gavin ralentit et se retira, s'attirant une moue désapprobatrice.

« Ne t'en fais pas, dit-il. On change seulement de position. Tu veux que je touche ton point G, pas vrai ? »

Il la retourna et la mit à quatre pattes, lui écartant les jambes d'un petit coup sec et appuyant d'une main sur le haut de son dos, exerçant une légère pression jusqu'à ce que son visage et ses seins fussent écrasés contre le matelas.

Lorsqu'il entra en elle cette fois, ce fut complètement différent. Ce changement fit pousser un cri à Faith ; il était si profond, si gros, son corps à elle si étroit autour de lui.

« Faith, nom de Dieu, lui dit Gavin en empoignant ses hanches tandis qu'il allait et venait en elle. Bon sang, qu'est-ce que t'es bonne. »

Si elle avait brûlé de désir jusque là, désormais elle était un brasier. Ses doigts agrippèrent les draps, les muscles de ses cuisses se mirent à trembler, et elle serra étroitement les paupières. C'était intense, sombre, brutal...

Mais Gavin faisait ce qu'il avait promis. Il touchait ses parois intérieures juste comme il le fallait, en longs coups de reins brutaux qui la faisaient frémir de satisfaction. Il la prit entièrement, complètement, la possédant sans la moindre hésitation.

Quelque chose au plus profond d'elle se se contracta en palpitant et une sensation de chaleur se répandit, menaçant de la réduire en cendres.

« Gavin, oui ! » dit-elle. Il se passait quelque chose, ce sommet se rapprochait à nouveau, de plus en plus près à chaque coup implacable de ses reins. Les doigts de Gavin s'enfoncèrent dans ses hanches tandis qu'il la prenait, ses cuisses heurtant les siennes, les sons de leurs ébats envahissant les sens de Faith.

« Tu vas jouir pour moi, pas vrai ? demanda Gavin, le souffle laborieux. Vas-y, jouis pour moi. Ma partenaire, qui adore se faire baiser, qui adore ma queue. »

Faith frémit et se crispa, ses muscles les plus profonds se contractèrent, ses parois se resserrèrent, et des gémissements se déversèrent des profondeurs de sa poitrine. Ses yeux se révulsèrent, et pendant un long moment elle n'eut conscience de rien en dehors de Gavin chauffant longuement son corps à blanc. Elle poussa un petit sanglot tandis qu'une sensation dense et sombre de satisfaction somnolente s'insinuait dans ses os,

« C'est bien. Tu vas me faire jouir, moi aussi, » dit Gavin d'une voix rauque et désespérée. Il donna trois coups de reins brutaux et cruels, un cri s'arracha à sa gorge, et sa queue tressaillit en elle. Il prit une inspiration sifflante tandis qu'il terminait et ralentit.

Faith émit un gargouillis de protestation lorsqu'il se retira, mais se laissa tourner sur le côté et attirer dans les bras de Gavin. Gavin moula son corps contre le sien, l'encerclant de ses bras, son souffle laborieux à l'unisson de celui de Faith.

« Merci, » lui murmura Faith.

Gavin eut un rire hébété. Elle le sentit secouer la tête derrière elle, sentit son menton contre sa nuque. Elle sentit la manière dont ses mains à lui tremblaient aussi.

« Qu'est-ce que je vais faire de toi ? » demanda-t-il.

Faith ne le savait pas au juste, mais elle avait hâte de le découvrir.

BULLETIN FRANÇAISE

REJOIGNEZ MA LISTE DE CONTACTS POUR ÊTRE DANS LES PREMIERS A CONNAÎTRE LES NOUVELLES SORTIES, OBTENIR DES TARIFS PREFERENTIELS ET DES EXTRAITS

https://kaylagabriel.com/bulletin-francais/

DU MÊME AUTEUR

Les Guardiens Alpha

Ne vois aucun mal

N'entends aucun mal

Ne dis aucun mal

L'Ours éveillé

L'Ours ravagé

L'Ours règne

***

Ours de Red Lodge

Le Commandement de Josiah

L'Obsession de Luke

La Révélation de Noah

ALSO BY KAYLA GABRIEL

Alpha Guardians

See No Evil

Hear No Evil

Speak No Evil

Bear Risen

Bear Razed

Bear Reign

Red Lodge Bears

Luke's Obsession

Noah's Revelation

Gavin's Salvation

Cameron's Redemption

Josiah's Command

Werewolf's Harem

Claimed by the Alpha - 1

Taken by the Pack - 2

Possessed by the Wolf - 3

Saved by the Alpha - 4

Forever with the Wolf - 5

Fated for the Wolf - 6

ÀPROPOS DE L'AUTEUR

Kayla Gabriel vit dans la nature sauvage du Minnesota où elle jure apercevoir des métamorphes dans les bois qui bordent son jardin. Ce qu'elle aime le plus dans la vie, ce sont les mini marshmallows, le café et les gens qui se servent de leurs clignotants.

Contactez Kayla par e-mail: kaylagabrielauthor@gmail.com et assurez-vous de vous procurer son livre GRATUIT : https://kaylagabriel.com/bulletin-francais/

http://kaylagabriel.com

www.ingramcontent.com/pod-product-compliance
Lightning Source LLC
LaVergne TN
LVHW011814060526
838200LV00053B/3778